Lexique des termes typiquement australiens page 137.

Du même auteur :

Polars australiens :

- Mine de Rien, *BoD, 2019*

- On a fait la bombe !, *BoD, 2019*

- La seconde mort de Michèle, *BoD, 2019*

Bernie LEE
Éditeur : Books on Demand GmbH
12, 14 rond point des Champs Elysées
PARIS, France
Impression : Books on Demand, GmbH
Norderstedt, Allemagne
ISBN : 9782322134151
Dépôt légal : Février 2019
Tous droits réservés pour tous pays

ÇA VA FUSER CHEZ LES ABOS !

Polar Australien

Bernie LEE

Chapitre 1

À voir la couleur du ciel, le vent de sable n'allait pas tarder à balayer la ville. Le thermomètre indiquait 50 degrés, une banale température de saison. Les hommes termites de Coober Pedy se terraient dans leurs "dugouts", enfouis dans les entrailles rouges de la terre aride où ils s'escrimaient à creuser des galeries à la recherche de la mythique opale.

Comme la très grande majorité des prospecteurs, Peter s'était emménagé son dugout avec un confort monacal. Tous les mineurs d'opale avaient toujours vécu terrés ainsi depuis que les vétérans avaient découvert en Europe les tranchées de la Première Guerre mondiale. Tous, à l'exception des commerçants grecs et chinois et de quelques familles arrivées récemment et qui avaient choisi de vivre dans des préfabriqués et de bénéficier de l'air climatisé. Pourcentage infime des cinq mille habitants que compte la capitale mondiale de l'opale.

Au retour du supermarché, Peter s'arrêta chez "les filles" afin de les inviter à souper le prochain vendredi. Jane et Simone faisaient quelques envieux. Elles avaient bien, comme tout un chacun, creusé leur appartement dans le sol, mais luxe suprême, elles y avaient inclus une piscine. Pas un bassin olympique bien sûr, mais un "baigne-cul" de trois mètres sur quatre qui semblait surréaliste dans ce décor lunaire à dix mètres sous terre.

L'appartement comprenait une cuisine salle à manger, une chambre et une salle de séjour dans laquelle trônait la piscine. Des alvéoles en forme de placards fermés par des rideaux et creusés dans les parois faisaient office de mobilier.

Par principe, nul ne pénètre jamais dans le dugout d'autrui sans y être expressément invité, mais ce qui protégeait Jane et Simone des incursions des duggers mâles, c'était plus le pistolet qui ne les quittait jamais et leur réputation de" gouines" que l'étroitesse du puits d'accès.

Malgré la vie de bagnard, le conglomérat disparate d'hommes de toutes origines et les beuveries du pub, la vie était relativement tranquille. Deux ou trois meurtres "accidentels", quelques gueules cassées et trois vols sans importance avaient ponctué l'année, rien de très exceptionnel, une saison calme en somme.

Les Yougoslaves étaient sans conteste les mal aimés, sans justification réelle, une simple réputation qui leur collait à la peau : chacun son juif. Les très rares Français, malgré leur grande gueule légendaire, et les Polonais pour leurs cuites tonitruantes ne venaient qu'après. Rudy l'Autrichien, l'ancien légionnaire, avait lui aussi la réputation de picoler, mais lui, au moins, n'avait pris qu'une seule cuite dans sa vie et c'est toujours la même qu'il réchauffait. À la différence des polacks, il n'emmerdait jamais personne sous l'emprise de l'alcool.

Dans quelques semaines, les acheteurs chinois allaient arriver comme chaque année avec leurs valises pleines de billets et leurs petites balances. Ils envahiraient "l 'Opal Inn Hôtel", achetant honnêtement des pierres aux prospecteurs. Pas à un cours élevé, mais sans jamais tricher, ni sur le poids, ni sur la qualité. Alors, même si les cours n'étaient pas au plus haut, ça valait mieux que de déclarer les opales au gouvernement qui prélevait 60 % de taxe.

Peter était tombé sur un filon. C'est du moins la rumeur qui courait en ville sous le manteau. Bien sûr, ici, personne ne faisait part de ses trouvailles, vu que les fusils étaient plus nombreux que les coffres-forts. Aussi, chacun gardait sa langue et cachait son trésor dans un endroit secret.

Parfois, quelques imprudents, exultant après des années de vache maigre, payaient des tournées générales ou s'offraient les filles du pub, ce qui expliquait "l'accident". On les retrouvait le lendemain, écrasés au fond d'un puits alors que leur dugout avait été minutieusement fouillé.

À l'exclusion des deux lesbiennes, de quelques épouses ou compagnes de prospecteurs atteintes du virus de l'opale, et des commerçantes, la gent féminine ne représentait qu'un très faible pourcentage de la population. Pour vivre à Coober Pedy, il ne fallait pas être trop porté sur le sexe.

Peter, comme 95 % des mineurs, vivait seul. Il était l'unique visiteur que recevait le couple Jane Simone. Autrefois, il y avait bien eu le vieux Ben, mais celui-ci était parti avec le pharmacien de Brisbane.

Le pharmacien était l'exemple même des miracles et des légendes qui entretiennent l'espoir au cœur des prospecteurs. Partageant ce côté aventurier qui sommeille au fond de chaque Australien, le pharmacien avait un jour réalisé tous ses biens. Il avait vendu sa maison victorienne et sa très belle pharmacie située en plein mail de la capitale queenslandaise. Il avait acheté un bulldozer, loué une concession et s'était mis à décaper sa zone de prospection. Allez savoir pourquoi le vieux Ben et lui avaient sympathisé ! Le potard engloutit toutes ses économies en 6 mois sans trouver le moindre bulder prometteur. Un jour, qu'il pensait être le dernier des prospecteurs, il versa le reste du gasoil dans le bull et décida de l'envoyer en ligne droite se perdre dans le bush. Le miracle fut qu'au passage, il entama une veine et découvrit une fortune. Le chemist repartit pour Brisbane où il fit construire deux buildings dans Ann Street. Le vieux Ben l'accompagna engagé comme surveillant de travaux.

    Mais les miracles n'ont lieu qu'une fois. Ils servent à alimenter les rêves des forçats de l'opale qui espèrent toujours en leur étoile et au filon salvateur. Quand on découvrit Peter, mort au pied de son dugout, la rumeur de sa découverte s'enfla, et, pour chacun, celle-ci expliquait le meurtre. Pas un mineur d'opale qui ne rêva de fouiller en douce son domaine pour récupérer le magot qui ne pouvait pas, maintenant, lui être de quelque utilité. Nul doute que le meurtre était lié aux opales et l'unique question qui parcourait les têtes était la suivante : l'assassin a-t-il, oui ou non, déjà raflé la mise ?

    Parmi ces hommes rudes, les larmes sont encore plus rares que la pluie sur le pays. Si personne ne pleura vraiment Peter, les deux copines pourtant en furent très affectées et réclamèrent une enquête. Conséquence, Peter ne put être rituellement enterré à la sauvette, à l'entrée de la ville, sous deux pelletées de terre poussiéreuse et la traditionnelle croix portant mention "mort accidentelle" à la suite du nom ou du surnom de l'intéressé et précédant la date du décès.

    Franck, le sergent de police, dut transmettre le rapport au Comté et il lui était bien difficile de conclure à une mort naturelle ou accidentelle, quand la trace du coup de poignard en plein cœur sautait aux yeux. Dans le fond, il ne comprenait pas pourquoi les deux lesbiennes avaient réclamé une enquête car, en raison de leurs proches relations avec Peter, elles étaient les mieux placées pour avoir recueilli des confidences sur ses découvertes et devenir, de ce fait, le centre des soupçons.

Chapitre 2

Jane ne quittait pas souvent Coober Pedy. Il y avait bien dix ans qu'elle n'avait pas mis les pieds à Sydney. Elle dut admettre qu'en une décennie, la ville avait sacrément évolué. Ce qui la surprit le plus fut sans doute la façon dont les femmes s'étaient adaptées à la mode. Une mode australienne qui avait rapidement fait son trou dans le milieu de la couture internationale, y apportant une touche toute personnelle.

En jeans, seins libres sous un chemisier de tissu indien transparent, elle se sentit tout à coup décalée dans le temps. Elle découvrit avec surprise le monorail et l'aménagement moderne de Darling Harbour, construit sur l'emplacement de l'ancien port de commerce.

Elle avait comme adresse du consulat français celle de Georges Street, au-dessus de la station de métro de Wynyard Station, qui était désertée depuis 9 ans déjà. Heureusement, la nouvelle location au 31 de Market street n'était qu'à deux blocs de là.

Au vingtième étage, il y avait deux portes vitrées au fond du couloir de droite. À gauche, celle du service des visas ; à droite, celle des bureaux consulaires. La porte des visas était ouverte en permanence et les visiteurs étaient accueillis par un garde armé assis à une table. La porte des locaux administratifs, par contre, était fermée en permanence. Après avoir sonné, il fallait indiquer dans l'interphone la raison de sa visite. Jane s'entêta à déclarer qu'elle voulait rencontrer le consul ou le vice-consul sans donner d'autres explications à la secrétaire qui, elle, persistait à requérir l'objet de la visite. Dialogue de sourds. Jane faillit renoncer. En désespoir de cause, elle déclara qu'elle camperait devant la porte jusqu'à ce qu'un responsable en sorte. La secrétaire partit parlementer et un homme de quarante-cinq ans aux tempes grisonnantes vint regarder Jane à travers la porte vitrée. Sans doute lui sembla-t-elle inoffensive car il entrouvrit celle-ci.

– C'est pourquoi Mademoiselle ?

– C'est important et c'est secret. Je veux parler au Consul.

– Je suis le Consul, et vous qui êtes-vous ?

– Moi ce n'est pas important, il s'agit de documents que je souhaiterais vous remettre.

– Des documents ?

– Oui, mais je veux vous voir en privé.

Après une seconde d'hésitation le Consul la fit pénétrer dans le sas d'entrée. Ils traversèrent le hall d'attente équipé de quatre fauteuils et de trois bureaux d'accueil séparés entre eux par une vitre. La porte du fond donnait sur le bureau du Consul.

– Je vous accorde deux minutes, Mademoiselle. J'ai un rendez-vous très important.

– Ça suffira. Voilà, je suis mineur d'opale à Coober Pedy. L'un de mes amis vient d'être assassiné. Il m'avait confié un sac d'affaires personnelles parce que dans mon dugout il était sans doute plus en sécurité que dans le sien.

Elle tira de son sac une enveloppe brune épaisse de deux centimètres et la déposa sur le bureau.

– Dans ses affaires, il y avait ceci. Je pense que cela vous concerne. J'espère que l'on découvrira son assassin. J'ai d'ailleurs réclamé une enquête.

– Vous avez réclamé une enquête ?

– Oui, Coober Pedy n'est pas Sydney. Si personne ne moufte, toutes les morts sont accidentelles.

– Et la mort de votre ami ne l'est pas ?

– On ne se suicide pas d'un coup de couteau en plein cœur.

– Et ces papiers…

Le Consul vérifiait les documents. Il se tut soudain. Le contenu l'avait accaparé. Il ne s'aperçut pas du silence qui régnait dans la pièce, pas plus du fait que plus de vingt minutes s'étaient écoulées depuis qu'il s'était plongé dans la lecture du dossier.

– Qui, à part vous, est au courant de cela ?

– Vous et mon amie, mais elle ignore le contenu. Elle ne comprend pas le français.

– Votre amie ?

– Ma compagne, on nous surnomme "les gouines". Nous avons un dugout à Coober Pedy et Peter était notre seul ami.

Le Consul ne laissa paraître aucune réaction. Que la fille lui annonce être en ménage avec une copine n'avait rien de surprenant en Australie où la liberté des mœurs ne pose aucun problème.

– Je vous demande de n'en parler à personne.

– Croyez-vous que j'aie envie de me faire descendre ?

– Et pourquoi êtes-vous venue me voir ?

– Ces documents vous concernent bien ? Et puis ma mère était Française, mais ne prenez pas ça pour un quelconque patriotisme étroit. Moi je suis Australienne, mais je n'aimerais pas que l'assassin de Peter continue de couler des jours heureux.

Chapitre 3

À Paris, en ce début de mois de février, il fait douze degrés, peut-être quatorze dans le bureau, mais guère plus. Le Général Berthoumieux relit pour la troisième fois le dossier qu'il a reçu de Sydney. L'interphone grésille.

— Mon Général, Laurent Marchand est arrivé.

— Faites-le entrer Carole…

— Bonjour Laurent.

— Bonjour mon Général. Vous étrennez une chambre froide ? C'est vrai que le froid conserve.

— Gardez vos réflexions désagréables. Je sais bien que vous visez mon fauteuil, mais je ne suis pas encore décidé à vous le laisser. Mais vous avez raison, il gèle. Pas de chance, la chaudière est encore en panne. Vous, par contre, vous serez toujours un privilégié, en Australie en ce moment, c'est l'été. Vous allez encore pouvoir vous prélasser au soleil !

C'était un rituel entre les deux hommes. Il existait depuis longtemps, ce jeu qui cachait mal un sentiment de respect et d'amitié partagé. Peut-être le patron des services spéciaux voulait éviter de songer aux risques qu'il faisait encourir à ses agents. Il savait qu'une fois encore Laurent allait sans doute risquer sa vie, et que c'est si facile d'envoyer quelqu'un d'autre au casse-pipe.

– Décidément, Laurent, vous êtes devenu "le" grand spécialiste de l'Australie. Mais je ne pense pas que ce soit pour vous déplaire ?

– Exact, mon Général, j'aime ce pays rude et sauvage aux grands espaces, c'est le far-West, le dernier pays libre.

– Vous allez être servi question Far West. Cette fois vous partez pour Coober Pedy, capitale mondiale de l'opale, ville minière troglodyte. 50 degrés. 5 000 habitants : Cayenne !

– Et je peux savoir pourquoi ?

– Bien sûr, comme tous les prospecteurs, pour aller chercher des opales… Mais je serais vous, je ferais appel à votre copain espagnol, ce ne sera peut-être pas inutile que quelqu'un protège vos arrières.

– Et à part ça, je peux connaître l'objet de ma mission ?

– Voici le dossier. Il a été remis par chance à notre Consul de Sydney. Peter, un chercheur d'opale assassiné, avait réuni un faisceau de preuves concernant une implantation secrète de missiles dans le sous-sol australien. Il semblerait qu'il s'agisse d'un travail de fourmi réalisé par des chinois.

– J'ignorais que nous avions un agent là-bas.

– Nous n'avions pas d'agent. Il s'agit d'un ancien du service depuis longtemps rayé des cadres. Mais on ne perd pas ses bonnes habitudes et sa curiosité, même retiré du circuit.

– Pourquoi le dossier nous est-il parvenu ?

– Je pense en fait que, tombé sur un truc tordu, notre ami n'a pu s'empêcher d'enquêter pour son compte et de constituer un dossier qu'il envisageait sans doute de nous transmettre, ou de remettre aux autorités australiennes, lorsqu'il aurait peaufiné son enquête. Premier coup de chance pour nous, son rapport était rédigé en français. Second coup de pot, la personne à qui il l'avait confié est de descendance française. C'est elle qui a remis le dossier à notre consulat, dans l'espoir que nous réagirions pour venger ce meurtre, supposant que son copain travaillait officiellement pour nous.

– Mais pourquoi ne refilez-vous pas l'affaire aux Aussies ? Elle ne nous concerne pas.

– Vous voyez, Laurent, c'est le genre de question qui prouve que vous n'êtes pas encore tout à fait mûr pour occuper mon fauteuil. Vous devriez savoir qu'il est toujours bon de connaître ce qui se passe ailleurs et d'avoir toujours quelques monnaies d'échange en réserve. Je vais vous donner deux exemples. Vous connaissez les réactions violentes de l'Australie à l'égard de la France lors des essais nucléaires dans le Pacifique. Je sais que le Président a annoncé qu'il n'y en aurait plus, mais sait-on jamais ! Imaginons que nos militaires le convainquent qu'il est indispensable d'effectuer un nouveau dernier essai. Un dossier bouclé comme celui-ci pourrait nous permettre de négocier avec le gouvernement australien des réactions gouvernementales très, très modérées vous ne croyez pas ?

Deuxième exemple : en ce moment, la France négocie d'importants contrats commerciaux avec la Chine, bien évidemment nous avons de nombreux concurrents. Face à des tractations difficiles, si nous glissons à nos interlocuteurs chinois que nous avons confidentiellement l'exclusivité d'un tel dossier en notre possession et que nous sommes prêts à leur remettre, avec la signature des contrats, vous ne pensez pas que ça pourrait aider à obtenir la signature de ces contrats ?

– C'est un peu tordu ça comme démarche ?

– Nous ne sommes pas des enfants de chœur, ne confondez pas l'armée de l'ombre et l'armée du salut. Nous ne sommes pas payés pour réaliser des opérations de secours populaire, à chacun son métier. Et puis, qui vous dit que si un tel projet existe en Australie, il n'existe pas aussi chez nous ? Et enfin, même "ancien collègue", un collègue reste un collègue et j'aimerais bien qu'il ne soit pas mort pour rien.

– ... Et pour Josué, j'ai carte blanche pour le recruter ?

– Tous pouvoirs. Billet d'avion, passeport, crédit. Carole a votre folio prêt, vous partez demain. Attention à vous Laurent, et… Bronzez bien.

Chapitre 4

Les deux nouveaux avaient déposé un "claim" qui leur donnait le droit de prospecter le secteur AD 444. Depuis trois jours, ils avaient borné le périmètre et choisi le lieu de forage. Un groupe compresseur avait été emmené à pied d'œuvre ainsi que des drilles et une suceuse.

Au pub, qu'ils avaient fréquenté dès le premier soir, ils étaient maintenant des habitués. Comme toujours, les présentations avaient été simples : Laurent et Jo, célibataires et ex-mercenaires espagnols de la French Légion. La tournée générale qu'ils avaient offerte leur avait, d'entrée, donné droit à une cote d'amour au top niveau. Le fait qu'ils sachent vivre, qu'ils aient un côté bon enfant et souriant auquel s'ajoutait une allure qui ne trompe pas d'hommes qui avaient bougé leur cul, les faisait accepter, d'entrée, dans la communauté, des mineurs d'opale.

Le gros Bob qui, pour une raison inconnue, avait délaissé le bar pendant quelques jours, voulut les taquiner comme il avait coutume de faire chaque fois qu'il découvrait une nouvelle tête. Il les entreprit d'abord à un concours de bras de fer qu'il ne gagna que d'extrême justesse à la surprise générale. Mécontent de ne pas emporter le franc succès auquel il était habitué, il provoqua, dans la foulée, les nouveaux à une lutte "amicale". En fait d'amicale, le gros Bob essaya toutes les vacheries grossières qu'il connaissait, ce qui ne l'empêcha pas de se retrouver le cul par terre sous une tempête d'applaudissements. Laurent fit taire les spectateurs et déclara qu'il y avait match nul car "il avait bien vu que le gros avait glissé". L'honneur sauf par ce pieux mensonge, les pintes de Foster's avaient coulé et Laurent sut qu'il venait de se faire un ami. L'amour-propre à Coober Pedy, ça a plus de valeur qu'une virginité et ça dure plus longtemps.

Pour rencontrer les deux lesbiennes, il fallait créer "accidentellement" l'occasion. C'est au supermarché que la rencontre eut lieu le quatrième jour. Seul lieu de ravitaillement du bled, Laurent s'était dit qu'il faudrait bien qu'elles y viennent, en espérant que les courses n'aient pas lieu qu'une fois par semaine.

Laurent et Josué avaient garé leur vieux land cruiser Toyota en épi entre le bar et la station-service. Les deux filles s'étaient parquées à dix mètres. D'après la description faite par le Consul, Laurent sut que la brune, plus élancée, était Jane. Elles étaient toutes deux vêtues de short et de chemisette militaire beige. Les deux hommes entrèrent à leur suite dans le supermarché. Ils n'achetèrent que quelques bricoles et restèrent à détailler les rayons près des caisses afin de rejoindre les deux femmes à la sortie. Dès qu'elles approchèrent d'une caisse, Laurent fit la queue derrière elles. Il y avait peu de monde à cette heure. Seul, un aborigène les précédait en étalant ses emplettes : bottes d'oignons, coca-cola, bâtons de dynamite, poudre à laver, cuvette plastique. La caissière enregistrait les achats. Au-dessus d'elle, un panneau indiquait « pas de crédit sur les explosifs ». Laurent profita qu'elles déposaient leurs achats sur le tapis pour approcher Jane. Sans la regarder et à voix basse, il s'adressa à elle.

– Salut Jane, je m'appelle Laurent, c'est le Consul de France qui m'envoie, il faut que l'on se rencontre.

Jane resta stoïque, à croire qu'elle n'avait rien entendu. Laurent se fit la réflexion qu'elle ne comprenait peut-être pas le français. Le Consul n'avait pas mentionné en quelle langue s'était déroulé l'entretien. Mais enfin, elle avait bien pris connaissance du dossier. Les filles sortirent du magasin les bras chargés de grosses poches de papier kraft, emplies de ravitaillement, suivies par Laurent et Josué. Les uns derrière les autres, ils traversèrent la chaussée. Au milieu de celle-ci, Jane échappa une poche d'où tomba une ribambelle de boîtes roulant sur la route. Les deux hommes se précipitèrent pour l'aider à récupérer ses biens.

– Merci, les gars, c'est sympa à vous. Je m'appelle Jane et voici Simone.

Les présentations faites, ils restèrent dix minutes à bavarder près des voitures, au regard et à la vue de tous. À l'issue de l'entretien, Jane les invita à prendre un pot chez elles. Elle dut faire un plan pour expliquer où se trouvait leur dugout. Rendez-vous fut pris pour le lendemain à dix-neuf heures.

L'entrée du puits d'accès était étroite. L'échelle métallique descendait verticalement sur dix mètres dans le logement dont le plafond était situé à sept mètres sous la surface. Laurent avait apporté deux bouteilles de champagne français dans un sac de toile dont il dut tenir l'anse entre les dents afin de garder les mains libres pour descendre à l'échelle. Josué suivait, lèvres pincées.

– Salut les filles, pas facile de pénétrer chez vous !

Personne ne les ayant avertis de la présence de la fameuse piscine, leur surprise ne fut pas feinte.

– Merde, c'est Byzance chez vous !

– Pourquoi, vous voulez prendre un bain ?

– Ça ne se voit pas que l'on s'est déjà fait une beauté ?

Josué s'était rasé de près et, fait inhabituel, avait revêtu une chemisette bleu clair et un short grège. Laurent, quant à lui, était vêtu d'une saharienne à manches courtes et d'un short assorti beige clair. Les deux bouteilles remises à leurs hôtes, ils se sentaient un peu gauches au milieu de la pièce, mais les filles surent très vite les mettre à l'aise. Une heure plus tard, ils festoyaient comme de vieux amis, l'invitation pour l'apéro s'étant transformée en invitation à déjeuner. Leurs hôtes étaient parfaites cuisinières et l'ambiance était bonne, la cave aussi, la conversation fort agréable et il y avait longtemps que les deux jeunes femmes n'avaient passé une telle soirée.

– On finit dans la piscine ?

Sitôt dit, sitôt fait, tout le monde se retrouva à poil à baigner dans une eau agréablement fraîche.

– Le pied ! dit Laurent, qui m'aurait dit trouver un tel endroit ici.

– Vous savez que vous êtes de sacrés privilégiés, c'est le seul dugout de luxe à 10 000 kilomètres à la ronde. Et croyez-moi, nous n'y invitons jamais personne.

– Pourquoi nous ?

– Peut-être parce que vous avez charmé Jane, peut-être aussi parce que vous avez l'air moins péquenots que les mineurs du coin.

Si les filles étaient lesbiennes, elles n'en étaient pas moins bisexuelles, c'est ce que constata Laurent, lorsque trois heures plus tard, il se retrouva dans le lit de Jane. Bien sûr, elle aurait pu simuler d'être séduite afin de le retrouver dans un discret tête à tête mais la façon dont elle fit l'amour ne lui sembla ni forcée ni feinte.

– Et maintenant, causons !

Décidément, elle avait la tête sur les épaules, la belle Jane.

– Le dossier que tu as remis à Sydney nous a été transmis à Paris. Tu l'avais lu ?

– Bien sûr. Pourquoi, je devrais dire non ?

– Pas à moi. Mais tu ne dois surtout pas t'en vanter auprès de quiconque,

– J'ai l'air conne ?

– Je n'ai pas voulu dire ça. Bon, tu sais pourquoi nous sommes ici.

– Pour venger notre copain.

– Non ! Ensuite pour cela, mais d'abord pour poursuivre son enquête. As-tu la moindre idée des gens que soupçonnait Peter ?

– Pas la moindre. D'ailleurs, j'ignorais tout jusqu'à sa mort et la lecture des papiers.

– Ça commence bien. Je suppose qu'il s'agissait de chinois. Et des chinois, il y en a au moins 200 ici, sans compter les acheteurs qui ne vont pas tarder à arriver...

– Peut-être qu'en relisant ses notes on pourrait avoir une idée plus précise. Tu sais, je n'ai fait que feuilleter les documents.

– Le problème, c'est que je ne les ai pas avec moi, le dossier est resté à Paris, mais je l'ai étudié de près et il n'y a rien de précis,. Par contre, il est question de plusieurs endroits stratégiques, peut-être est-il possible d'établir une corrélation entre des individus et des lieux,

– ...Ouais.

– Tu n'as pas l'air convaincue ?

– Non... non. Mais si je me souviens bien, il n'était pas question, en effet, que de Coober Pedy.

– Exact. Il y avait aussi d'autres sites miniers.

– C'est peut-être ailleurs qu'il vous faudrait commencer à chercher. Ici, en raison du marché de l'opale, il y a de nombreux chinois. Il doit bien exister d'autres lieux où il n'y a peut-être pas foule de jaunes sédentaires.

– C'est aussi la conclusion à laquelle je suis arrivé. Simone, elle est comment ?

– Tu as vu, pas mal, pourquoi, tu veux la sauter ?

— Idiote ! Je parle moralement. Tu ne lui as rien dit ? Tu n'as pas confiance en elle ?

— Si, si, mais j'ai hésité à lui faire partager des risques éventuels. Mais ça dépend de toi. Si tu veux, on peut lui en parler. En fait, j'aimerais mieux ne pas lui faire de cachotteries.

— OK, je crois qu'il vaut mieux jouer cartes sur table.

Ils se retrouvèrent tous les quatre et Jane fit le point de la situation. Simone ne disait rien.

— Tu fais la gueule ? Tu aurais souhaité que je t'informe dès le début ?

— Non. J'avais regardé le dossier de Peter, écrit en français, je n'y ai rien compris, mais j'ai constaté que tu l'avais emporté à Sydney et qu'il n'en était pas revenu. J'attendais que tu me donnes une explication lorsque tu jugerais devoir le faire. Maintenant je comprends mieux. Je comprends d'autant mieux que tu n'aies pas souhaité me mettre dans le bain... Mais des histoires de fusées implantées en territoire australien, ça ne vous paraît pas un peu gros ?

— Tu sais Simone, on a déjà rencontré des trucs plus tordus.

— Merde, quelle vie ! Je me disais aussi que vous différiez bougrement des gens du cru. Encore que la race des Opal-miner soit une race à part. Tu peux y trouver de tout : des têtes brûlées, des vagabonds, des utopistes, des musiciens, des philosophes, des écologistes, des incultes, et maintenant des espions ! Dans ce métier, vous ne serez jamais suspects, c'est la boîte de pandore... Mais pour revenir à l'affaire, je pense que ça sera duraille de savoir qui soupçonner à Coober Pedy. D'autant qu'à part nous, Peter ne fréquentait personne.

– Nous avons pensé qu'il vaudrait peut-être mieux débuter notre enquête sur un autre site.

– Mais où ? Et puis ailleurs, les mineurs ne vivent pas sous terre.

– Non, mais ils creusent bien le sol.

Chapitre 5

Franck était assis sous le gros ventilateur. La pièce était pourtant climatisée. Les pieds sur le bureau, le dossier du fauteuil écrasé au maximum arrière, la chemisette ouverte sur l'estomac, il sirotait sa énième Foster's qu'il tenait dans son cooler en néoprène. Face à lui, l'inspecteur du Comté s'épongeait le front. Même en Tasmanie, dont le climat n'a rien à envier à l'Irlande, il transpirait.

– Alors, Franck, tu n'as pas commencé l'enquête ?

– Je t'ai transmis le dossier, le chef c'est toi ? Que veux-tu que j'ajoute, tu as lu ma note ?

– Célibataire, pas d'amis, à part les deux gouines. Vie tranquille. Sans doute la rumeur, oui, c'est la rumeur qui l'a tué. On disait qu'il venait de découvrir un filon.

– Et d'après toi, c'est qui la rumeur ?

– Ben, la rumeur, c'est tout le monde.

– Personne en particulier ? Son dugout a été fouillé ?

– Non, ou alors par un spécialiste. Je l'ai fait fermer après une inspection sur place.

– Je ne vois pas où tu aurais pu faire une inspection, si ce n'est sur place. Et tu n'as rien trouvé ? Ni opales, ni bulders ?

– Rien.

– Donc, la rumeur était fausse, sinon tu aurais trouvé quelque chose, n'est-ce pas ?

– Ben... ben... bien sûr. Donc tu as raison, il n'avait rien trouvé.

– Et d'après toi, qui avait intérêt à le faire taire ?

– Personne... non personne.

– Bon. Je crois qu'on va retourner à son dugout, j'aimerais faire moi-même une fouille, et puis on ira aussi rendre visite à ses deux copines, tu ne crois pas ?

– Bien sûr, bien sûr, c'est ce que l'on va faire.

L'inspecteur prenait des notes, déplaçait parfois un livre, le feuilletant très vite entre ses doigts, comme pour découvrir s'il n'y avait pas de message caché à l'intérieur. Rien ne semblait avoir été déplacé par une fouille sauvage

– Il fait bon là-dedans.

– Sûr, c'est plus agréable que là-haut, dans mes putains de bureaux administratifs.

– Eh bien, si vous avez fini, Sergent, on va pouvoir remonter.

De retour au poste, Franck s'empressa de prendre deux bières dans le frigo.

– Alors, Franck, ton idée ?

– Quoi, mon idée ?

– Eh bien, ce dugout, ça t'inspire quoi ?

– À moi, rien, et à toi Monsieur l'Inspecteur, ça t'a appris quelque chose ?

– Oui, des petites choses. Tout d'abord, que la rumeur sur la découverte de son filon n'était pas fondée. Deuxièmement, que quelqu'un est déjà passé avant nous. Troisièmement, que si l'assassin ne cherchait pas des pierres, c'est qu'il y a quelque chose d'autre à découvrir. Quatrièmement, que l'on ne tue pas quelqu'un sans raison. Cinquièmement, que celui qui a lancé la rumeur doit être l'assassin ou un complice à lui pour justifier l'idée que le vol est le motif du crime. Sixièmement…

– Ah ! Ben merde alors ! Comment t'as pu savoir tout ça Bill ?

– C'est parce que je suis inspecteur Franck, je cogite, je réfléchis : aucun endroit creusé pouvant servir de planque, aucun trésor. Si tu as des opales, tu ne les laisses pas sur une étagère ? Si tu lis un livre et prends des notes sur ce bouquin, tu les laisses dans ce livre, pas dans celui d'à côté. Ensuite tu ne mélanges pas du linge sale avec du linge propre, si ? Donc, quelqu'un a effectué une fouille avec discrétion et le gars n'avait pas d'opales. On va aller voir ses copines au cas où il aurait entreposé quelque chose chez elles pour le mettre en lieu sûr.

– Oh ! En bas, il y a quelqu'un ?

La voix résonna dans le dugout, d'autant plus facilement audible que les filles avaient raccompagné, au pied de l'échelle, Laurent et Josué qui s'apprêtaient à prendre congé après une courte visite en fin d'après-midi.

– Oui, qui est-ce ?

– Inspecteur Moles, je suis avec le Sergent Franck Danvers, nous pouvons descendre ?

– ...Oui, Oui, bien sûr.

Tout le monde se retrouva au pied de l'échelle. Franck fut surpris de découvrir deux hommes dans la place. À sa connaissance, elles ne recevaient jamais de visiteurs, à part Peter. Il venait d'ailleurs de le réaffirmer à l'inspecteur.

– Bonjour, je suis Bill Moles, je suis l'inspecteur du Comté, vous connaissez Franck ?

– Salut, Franck. Je suis Simone Bianco, voici Jane mon associée et deux amis, Laurent et Josué.

Les policiers dévisageaient les deux hommes.

– Voyez comment sont les mauvaises langues. On m'avait assuré qu'aucun homme ne pénétrait chez vous, à part votre ami Peter. Je suis chargé de l'enquête sur sa mort. C'est bien vous qui avez réclamé cette enquête, n'est-ce pas ?

– En effet, et j'espère bien que vous découvrirez le coupable.

– Mais je l'espère, Mademoiselle, d'ailleurs j'aurais souhaité vous interroger dans le cadre de mon enquête, mais je vois que ce n'est pas le moment, peut-être pourriez-vous passer après le lunch au bureau de Franck ?

— Vous ne nous dérangez pas inspecteur, si vous en êtes d'accord et si vous n'imposez pas d'aparté, nous pouvons en parler maintenant, sauf si vous souhaitez officialiser le cadre de l'entretien. Si nos amis Laurent et Josué ne vous dérangent pas, nous pouvons aborder le sujet maintenant devant une coupe de champagne. Pas d'objection pendant le service ?

— Du tout. C'est une visite de courtoisie, pas un interrogatoire, ce n'est donc pas de refus.

Tout le monde reflua vers la salle à manger et Simone prit au frigo une bouteille de "seaview", considéré comme le meilleur champagne australien. Laurent se dit qu'il n'avait de champagne que le nom. Josué se retint pour ne pas dire qu'il n'aimait pas le mousseux.

— Pour ce qui est de recevoir des amis, inspecteur, dit Jane, on ne vous a pas menti. À part Peter et autrefois le vieux Ben, nous ne recevons jamais personne. Nous avons rencontré ces deux mineurs il y a trois jours en faisant nos courses, leur galanterie nous a charmées, nous n'avons pas l'habitude de rencontrer des gentlemen par ici, et sans doute avons-nous succombé à un moment de spleen, peut-être dû justement à la disparition de Peter.

— Il y a longtemps que vous le connaissiez, Peter ?

— Quatre ans. Depuis son arrivée ici.

— À votre avis, sa mort est due à quoi ?

— À un coup de poignard en plein cœur. Je pense que ça figurait dans le rapport ?

– Ça, je sais. Quelle raison l'assassin avait-il de le supprimer ?

– Je ne sais pas. On a parlé d'un filon d'opale qu'il aurait découvert, mais ça, je n'y crois pas, Il nous en aurait parlé.

– Je n'y crois pas non plus. Vous parlait-il de tout ?

– Qu'entendez-vous par là ?

– De ses recherches, de ses espoirs, de ses trouvailles, de sa vie, de ses soucis... Je veux dire, vous étiez ses confidentes ?

– Oui, je crois que nous étions assez proches, mais vous connaissez l'esprit des prospecteurs. Peu diserts sur leur passé, chacun son jardin secret. Avec Peter, nous parlions philosophie, bouquins, voyages.

– Il voyageait beaucoup ?

– Guère ces temps-ci, mais il avait fait l'Asie et parcouru le continent. À propos, nous avons encore deux livres à lui qu'il nous avait prêtés.

– Je peux les voir ?

– Vous pouvez les garder. J'ignore s'il a des héritiers, il ne nous a jamais parlé de sa famille.

Jane alla chercher les livres en question.

– Tenez.

– Merci... Tous deux sur la vie des aborigènes, un sujet que vous aviez en commun ?

– Pas spécialement, mais vous savez inspecteur, ici on a du temps pour lire, mais pas forcément le choix.

– Peter vous a confié des affaires, je crois ?

– Des affaires ? Non, non pourquoi ?

– J'aurais cru, comme il n'y avait rien chez lui, j'ai pensé qu'il aurait pu vous confier des choses de valeur.

– Non… non, nous n'avons rien à lui à part ces deux livres.

– Êtes-vous déjà allée dans son dugout ?

– Jamais, c'est toujours lui qui venait ici.

– Il n'y a chez lui aucun endroit susceptible de servir de cache, ça voudrait dire qu'il n'avait rien de spécial, ou que des visiteurs l'aient déjà trouvé.

– Vous, vous avez fouillé chez lui !

– Nous en arrivons, et d'autres étaient passés discrètement avant nous, ce qui laisse à penser que votre ami avait peut-être un secret.

– Histoire de cour ?

– Vous y croyez, vous ?

– Non.

– Moi non plus… Vos nouveaux amis ne connaissaient pas la victime ?

– Non. Nous sommes arrivés il y a huit jours.

– Ça, je sais.

– Vous êtes bien informé.

– C'est mon boulot, mais vous auriez pu le connaître avant et ailleurs.

— Du tout. J'espère que vous découvrirez son assassin inspecteur, dit Laurent.

— Je l'espère aussi. Ce qui m'inquiète, c'est de ne pas découvrir le mobile.

— Vous ne croyez pas au meurtre gratuit ?

— Non, et s'il s'était agi d'un crime crapuleux, pourquoi tant de précautions pour fouiller son logis ?

— Ça ne vous dérange pas de parler de l'enquête devant nous ?

— Je suppose que si vos amies ont souhaité une enquête, c'est qu'elles sont innocentes, et vous, vous n'êtes pas dans le coup.

— Entre nous, s'il ne s'agit pas d'un crime crapuleux, quelle autre raison pourrait-il y avoir ?

— C'est ce que je me demande, et fouiller le passé d'un mineur n'est pas chose aisée. Vous êtes une espèce d'hommes asociaux et hétéroclites, dont chacun a un passé souvent turbulent et plus ou moins secret. Vous-mêmes, vous venez d'où ?

— Josué et moi étions mercenaires dans la French Légion.

— Des guerriers !

— Disons plutôt des bourlingueurs, luttant souvent pour des causes perdues.

— Mais avant votre arrivée ici, vous étiez où ?

– Moi, j'étais docker à Townsville, dit Josué, et Laurent arrive d'Europe. Vous voulez enquêter sur le passé de chaque mineur ?

– Peut-être pas... Merci pour le champagne Miss, allez Franck, il faut partir,

Après le départ des policiers, Simone alla chercher une autre bouteille de champagne dans le frigo. Cette fois, il s'agissait d'un Mercier français.

– J'ai préféré garder celui-ci pour nous. Ces policiers ne sont pas des connaisseurs.

C'était sans réplique.

– Ainsi, quelqu'un a fouillé les lieux, pas trop bouché le flic.

– Oui, je n'ai pas tiqué, mais il m'a sacrément surprise avec sa question : Peter ne vous a-t-il pas confié un paquet ? Le con !

– C'est vrai qu'il a l'esprit logique. Mais moi, ce qui m'inquiète, c'est que si le flic a fait cette déduction, l'assassin a pu faire la même.

– Non, personne n'est venu fouiller chez nous, et depuis le meurtre, il avait tout le temps d'y penser.

– Peut-être pas. Qui vous dit que la fouille a eu lieu dès le meurtre ? Et si elle était récente ?

– Tu veux nous foutre les jetons ?

– Non, je réfléchis.

– Ce n'est pas plutôt que l'auberge vous plaît et que vous aimeriez y prendre pension sous le fallacieux prétexte de nous protéger ?

– J'avoue que ce ne serait pas une idée stupide, mais je t'assure que ce n'était pas dit dans cette intention. De toute façon, malgré le discours du flic, nous avons sans doute mieux à faire en commençant à enquêter dans d'autres lieux. Vous ne savez pas où il est passé, Peter, en dehors d'ici ?

– Non. Une fois, il a cité Emerald dans le Queensland et puis Lightning Ridge, dans le Nord-Ouest des Nouvelles Galles du Sud, mais y a-t-il séjourné ? Mystère.

– Et pendant ces quatre années qu'il a passées ici, il ne s'est jamais absenté, car certains renseignements recueillis ne datent pas de quatre ans.

– Une fois par an, il partait un ou deux mois après la vente des pierres, à peu près à cette époque, soi-disant pour aller sur la côte, mais allez savoir pour aller où ? Qu'en penses-tu Jane ?

– Comme toi, aucune idée... Mais si vous partez maintenant, ça ne va pas paraître louche ? Huit jours après votre arrivée ?

– On peut toujours aller chercher du matériel, il n'est pas question d'abandonner le claim. Ce qui pourrait paraître drôle justement, c'est de partir avec vous.

– Avec nous ?

– C'est peut-être plus sûr pour votre sécurité.

– Et sous quel prétexte ?

– Coup de foudre, voyage de noces ! Deux jours... à se pavaner ensemble au pub et on part en virée pour trois ou quatre semaines.

– ... Pourquoi pas ? Moi, je suis partante, et toi Simone ?

– Moi aussi.

– Et pour l'enquête ? Les flics ne voudront-ils pas nous interroger à nouveau ? Que vont-ils penser de notre départ ?

– On va aller voir Franck et lui demander s'il voit un inconvénient à ce que vous nous accompagniez pour aller chercher du matériel. Ça fera plus normal.

– Je crois que notre réputation va en prendre un coup. On n'aura pas fini après d'être draguées par des légions de connards.

– Auriez-vous une photo de Peter ?

Elles n'en avaient pas.

Au pub, le gros Bob les avait accueillis d'une tape amicale sur l'épaule à vous péter la clavicule. Sourire de vieille amitié, d'autant plus appuyé que Laurent avait payé d'entrée sa tournée. Sourire complice aussi qui semblait dire : "mon pote, tu les as tous baisés, tu es bien le premier à sortir les deux gouines". La cote de Laurent avait grimpé d'un coup de dix points et évidemment celle de Josué dans la foulée.

Bien sûr, ça avait surpris, sur le moment, de voir les deux filles se pavaner en compagnie des Espagnols, puisqu'ils s'étaient annoncés tels, mais le premier moment de surprise passé, l'affaire avait été classée. Les mœurs en

Australie sont objet de la plus grande bienveillance ou tout au moins de la plus grande tolérance.

Le gros Bob, la bière aidant, était volubile, plus volubile que d'habitude. Il avait d'ailleurs fallu qu'un employé de la station-service, au retour de deux semaines de vacances à Melbourne, annonce qu'il avait vu "Crocodile Dundee" pour que la clientèle du bar apprenne par sa bouche que le gros Bob avait joué dans le film son propre rôle de colosse. L'intéressé n'en avait jamais fait état. Toujours ce côté mystérieux que cultivent les mineurs d'opale pour tout ce qui appartient à leur vie privée.

Lorsque Laurent, intrigué sur la façon dont il avait pu être enrôlé dans le film, lui posa la question, il répondit : c'est à Paul Hogan, la vedette qu'il devait le rôle. On était potes de pub à l'époque où il peignait le pont de Sydney, mais, ajouta-t-il, je ne le vois pas souvent maintenant qu'il s'est pratiquement offert la ville de Byron Bay, où je ne suis allé qu'une seule fois. D'ailleurs, j'y avais croisé Peter.

– Il y a longtemps ? demanda Laurent.

– C'était il y a deux ans.

– Et Peter y avait des intérêts ?

– Non, il prenait quelques vacances, il arrivait de Brisbane où il était allé rendre visite au vieux Ben.

– Celui que le pharmacien avait embauché comme conducteur de travaux ?

– Oui, mais maintenant que les travaux sont finis, le vieux Ben tient un motel à Springwood, à mi-chemin entre la Gold Coast et Brisbane. Le vieux grigou avait dû faire un paquet d'économies quand il était ici, ou alors, c'est le pharmacien qui a financé l'investissement.

– Tu connaissais bien Peter ?

– Non, lui pas trop. Mais son ancienne girl friend vit avec un Yougo à Emerald, et elle, je la connaissais pas mal.

– Elle est spécialisée dans les mineurs ?

– Non. Avant Peter, elle était serveuse dans un pub à Laura, dans le Queensland du Nord, et à Emerald, elle est avec Nicky, un Yougoslave. Ils ont monté un truc pour touristes. La région est bourrée de saphirs, rubis et émeraudes. Aussi, avec un bull et une pelleteuse, ils font des gros tas de terre. Les touristes achètent pour dix dollars un seau de terre qu'ils tamisent et dans lequel ils peuvent trouver des pierres. Ça leur donne l'impression d'être des prospecteurs, et eux, ça leur permet de vivre sans se crever la paillasse. De temps en temps, ils doivent bien en chercher eux-mêmes car ils ont organisé un petit local d'expo-vente à l'entrée de la propriété.

– Et tu sais où Peter avait rencontré sa girl friend ?

– Oui. Il l'avait débauchée du pub de Laura. Pourquoi, tu t'intéresses à Peter ?

– Non, pas particulièrement, mais je pense que c'est con de venir comme ça se faire descendre ici.

– Eh ! Oui, c'est con. Surtout que moi, je n'y crois pas à sa découverte de filon. C'étaient des rumeurs, des rumeurs peuvent être voulues pour justifier le crime.

– Et pourquoi tu n'y crois pas ?

– Parce que, sans bien le connaître, je le connaissais quand même un peu le Peter, et je sais qu'il n'aurait pas gagé sa montre en or pour emprunter quelques dollars huit jours avant le crime. Car sa montre en or, il y tenait.

– Et d'après toi, pourquoi l'aurait-on assassiné ?

– Va savoir ? Mais sûrement pas pour son soi-disant trésor, ou alors un connard qui, lui, aurait vraiment cru à la rumeur, et des connards, ici c'est vrai qu'il en existe.

– Peut-être un abo bourré ?

– Non. Les abos, Peter connaissait bien. D'ailleurs, il était pote avec le vieux Wagaloo.

– C'est qui, le vieux Wagaloo ?

– Une sorte de chef de tribu qui vit à la lisière de la ville, sur la route d'Alice. Peter allait souvent retrouver le vieux.

– Dis-moi, Laura, c'est bien là qu'a lieu tous les ans le festival Abo ?

– Tout juste. Tu y es allé ?

– Non, mais j'en ai entendu parler, il paraît qu'il prend de plus en plus d'importance chaque année.

– Ouais, bon allez vieux, c'est ma tournée, causer ça donne soif.

Le vieux Wagaloo vivait entouré d'une minitribu : quatorze personnes, dont sa femme et trois fils. Il s'était construit une sorte d'abri fait de carton, de bois et de tôles en tuile sous une armature en bois tenue par deux piquets.

Josué, comme il l'avait vu faire à Sue, souhaita le bonjour au vieux et s'assit en tailleur face à lui, imité par les trois autres visiteurs.

Laurent parla de son ami Peter, que les deux femmes aimaient bien et qui avait rejoint le pays des ancêtres, et il souhaitait que le vieux chef lui donne son opinion sur cette mort.

Le vieux n'en avait pas. Il ne comprenait pas pourquoi cet être bon et sage, riche de son seul savoir avait pu être assassiné. Laurent lui demanda s'ils évoquaient souvent ensemble des problèmes concernant les aborigènes.

– Pas souvent. Au début, nous avons souvent parlé des tribus du Queensland qu'il avait rencontrées, ensuite il m'avait bien des fois interrogé sur les droits que nous avions sur nos terres, sur nos sites sacrés et sur nos réserves, sur les réglementations permettant les visites ou les séjours dans nos réserves, et puis il s'intéressait à nos coutumes, à nos croyances, à nos rapports avec l'administration. Dernièrement, il venait surtout écouter le chant des pistes et apprendre notre façon de peindre.

– Saviez-vous qu'il avait connu le vieux Ben ?

– Oui, ils s'étaient connus à Laura.

– Son ancienne compagne aussi avait séjourné à Laura.

– J'ignorais.

– Si je résume les quelques informations que nous avons recueillies, je ne pense pas avoir beaucoup progressé. Nous savons que Peter s'intéressait aux aborigènes, qu'il a vécu vers Laura, puisque c'est là qu'il a rencontré et séduit sa compagne, qu'il est retourné dans le Queensland au moins pour revoir le vieux Ben, qu'il ne semblerait pas en effet avoir découvert de filon vu sa montre suisse au clou, qu'il y a peut-être quelque chose d'intéressant vers Emerald, car bien que son ex-compagne y vive, je ne pense pas qu'il soit allé là-bas pour lui rendre visite. Maintenant, je vous écoute.

C'est Jane qui prit la parole en premier.

– On voit bien que tu n'es pas un vrai Aussie. Le fait qu'il soit séparé de son ancienne amie ne veut rien dire. Ici en Australie, il n'y a pas de divorce haineux et de séparations pleines de rancune et d'animosité. Nos séparations sont amicalement consenties, on se fréquente souvent en copains entre anciens partenaires. Quant au vieux Wagaloo, c'est vrai que nous n'en avions jamais entendu parler, et qu'il peut être surprenant que Peter ne nous ait jamais mentionné son nom.

– Moi, dit Simone, je ne trouve pas que l'on ait beaucoup avancé, et puis nous n'avons eu que des ragots d'ivrogne ou des affirmations vagues d'un vieux rêveur.

– N'empêche que le nom de Laura et les sujets aborigènes semblent revenir souvent dans le passé de Peter. Je serais assez partisan que nous allions saluer Ben et visiter le nord Queensland.

Chapitre 6

Le vieux Ben semblait sans âge, ou plutôt d'un âge certain. Il gérait son motel en père peinard, faisant assurer le service par deux jeunes femmes accortes dont le physique devait concourir à la fréquentation du lieu.

– Oui, Peter était un vieux copain. Nous nous étions connus à Laura. À l'époque, je prospectais entre Laura et Princess Charlotte Bay. Peter avait soulevé la serveuse du pub, au grand dam des habitués qui voyaient son futur départ d'un mauvais œil. Je suppose que chaque vieux célibataire conservait le secret espoir, au fond de son cœur, de devenir un jour l'élu de la belle.

– Il faisait quoi, Peter, dans le coin ?

– Il relevait des dessins aborigènes, il prospectait tous les sites abos de la région, les connus et les moins connus. Je crois, mais je n'affirmerais pas, qu'il avait un deal avec un éditeur de Sydney.

– Vous parliez souvent de vos boulots respectifs ?

– Non, jamais. C'était un secret le Peter. Secret mais sympa.

– Et il y avait des découvertes à faire, dans le coin ?

– Des découvertes ? Quelles sortes de découvertes ?

– Je ne sais pas, au niveau de ses recherches sur les dessins préhistoriques abos par exemple.

– Sans doute, car il fouillait beaucoup dans le coin.

– Autrement dit, il était sûrement celui qui connaissait le mieux cette région ?

– Oui, incontestablement... Si l'on fait abstraction du fils Butler.

– De qui ?

– Vous ne connaissez pas Harry Butler ?

– Évidemment si, dit Simone, pas un Australien ne peut l'ignorer. C'est notre Cousteau à nous. Toutes les semaines, il fait un reportage à la télé sur le bush australien où il a passé sa vie.

– Ouais, dit le vieux Ben, et son fils Jeff a vécu jusqu'à vingt ans avec son père dans l'outback. Il connaît chaque espèce d'animal et son mode de vie, chaque plante et chaque centimètre carré de la péninsule du Cap York, et chaque Abo qui y vit.

– Et il demeure où, votre Jeff ?

– À Cairns. Il était cuistot à Perth, mais il a rejoint le Queensland du Nord. C'est son port d'attache. Il vit avec une pin-up anglaise et leur gamine de 8 ans.

– Il est cuistot à Cairns ?

– Non, ça ne paye pas assez. À Cairns, trop de concurrence. Il a un pied de marijuana qui fait le tour de son jardin comme une treille basse, il gagne assez avec ça pour vivoter et être libre de se payer des voyages dans le bush.

– Vous savez où il demeure exactement ? Car Cairns, ça fait quand même 100 000 habitants.

– Moi, je ne sais pas, mais je sais qui le sait, c'est Alex, l'italien, celui qui a lancé les pizzas en Australie il y a vingt-cinq ans. Il s'est fait des couilles en or et puis il y a deux ans, il a tout arrêté, il s'est acheté un terrain de camping sur la route de Cooktown, a fermé le camping aux touristes et vit tout seul là-dedans avec une copine allemande qui fait des massages.

– Elle ne doit pas avoir beaucoup de clients.

– Non, mais comme lui, elle n'a pas de gros besoins pour vivre.

De Cairns à Mosman, ils avaient suivi la côte et admiré le paysage. À Mosman, ils prirent le bac pour traverser la Daintree river, et la route de terre battue qui va à Cap Tribulation et rejoint Cooktown par la côte.

Alex était un cas. Ancien légionnaire, ancien homme d'affaires, il vivait maintenant en ermite, prétendant que l'esprit domine tout, y compris les maladies, et jouait les gourous pour lui tout seul. L'adresse de Jeff, il l'avait : en arrivant sur Cairns en venant de Mosman, au rond-point de la route de Kuranda, il fallait prendre en direction de Freshwater et c'était la troisième maison à gauche après les cannes à sucre, celle avec de grandes antennes radio. Demi-tour sur Cairns. L'explication était claire, ils trouvèrent la maison de Jeff sans problème, et l'individu lui-même qui réparait le moteur de son vieux land cruiser Toyota.

– Good Day mate ! Je m'appelle Laurent, voici Jane, Simone et Josué, c'est le vieux Ben qui nous envoie.

– Qu'est-ce qu'il devient ce vieux tordu ?

– Il gère un motel entre Brisbane et Surface Paradise.

– Il a trouvé un filon ?

– Faut croire.

– Que puis-je faire pour vous ?

– On aimerait faire une virée dans la péninsule et on cherche un guide.

– Je ne suis pas guide.

– Peut-être pas, mais quinze jours de balade pour 1 000 dollars, ça t'intéresse ?

– Ça, c'est autre chose, c'est le genre de discours qui pourrait me convenir. Et vous voudriez partir quand faire votre virée ?

– Demain si c'est possible.

– Avec votre 4x4 ? Il faudra aussi le mien pour emmener l'intendance, couchage, bouffe, le matériel indispensable, et ça, ça sera en plus des 1 000 dollars, tout comme le pétrole.

– Ça sera en plus.

– C'est un vrai plaisir de discuter avec toi Mate. Si vous voulez partir demain, encore deux choses. La première, il faut m'aider à finir de remonter le moteur de mon land cruiser ; la deuxième, il faudra m'expliquer exactement où vous souhaitez aller et ce que vous voulez voir.

– On va t'expliquer.

– OK, entrez, Léonie va faire le thé.

Léonie était superbe, un corps gracile et bronzé ne paraissant pas plus de trente ans et un sourire enjôleur. Eliot, sa fille, huit ans, dessinait dans un coin du salon. Elle avait hérité de la beauté de sa mère.

– Alors, que voulez-vous voir ?

Le Jeff était décontracté, il avait ouvert une boîte tupperware et se roulait un joint, sans complexe.

– Vous en voulez ?

– C'est celle du jardin ? questionna Simone.

– Oui. C'est de la bonne. C'est le vieux Ben qui vous a parlé de mes plantations ?

– C'est Ben. Je vais goûter si tu veux bien.

Les trois autres ayant décliné l'offre, Simone roula son pétard d'une main experte.

– Voilà, dit Laurent. Je vais être franc avec toi. As-tu connu Peter ?

– Quel Peter ?

– Celui qui a embarqué la serveuse du pub de Laura.

– J'ai connu, mais ça date !

– Je ne sais pas si tu en as eu connaissance, mais Peter a été assassiné à Coober Pedy et Peter, c'était un bon copain de nos copines ici présentes, alors comme ça, on fait une petite enquête personnelle sur le sujet, car il n'avait pas trouvé d'opales et il semblerait que sa mort puisse avoir un rapport avec son passé dans la région.

– À mon avis, il n'avait rien trouvé d'intéressant non plus dans le coin, à part la serveuse du Pub, et encore reste à prouver que c'était une bonne affaire.

– Tu sais ce qu'il cherchait ?

– Non, je ne suis pas curieux de nature. Je crois qu'il relevait les dessins aborigènes du secteur.

– Oui, c'est ça. Mais il a dû découvrir autre chose. Autre chose qui intéressait d'autres gens, ou plus exactement que d'autres gens ne souhaitaient pas voir diffuser. Il paraît que tu connais le coin comme ta poche.

– C'est sûr. Près de Cow Bay, je vous montrerai des plantes vénéneuses que vous n'aurez pas intérêt à toucher, même du bout du doigt. Avant Cap Trib, dans un petit sentier caché, des cuvettes d'eau où il fait bon se baigner, la propriété de Michel, le Français qui élève des chevaux sur un territoire grand comme la moitié de la Belgique, des villages aborigènes…

– Où on a le droit d'entrer ?

– Où vous entrerez sans problème si vous êtes avec moi.

– Autrement dit, tes copains abos doivent connaître tous les endroits où existent des dessins abos qui datent du temps du rêve.

– Oui, l'ère du Cro-Magnon, l'époque du "Dreamtime".

– OK, va pour visiter tous les sites abos qu'a pu visiter Peter.

– D'accord, départ demain matin après les courses. Il faudra aller au supermarché du rond-point faire des provisions. Je vous accompagnerai pour vous guider dans vos achats. Il ne faudra pas oublier les moustiquaires ou la crème antimoustiques, ça en est farci à Princess Charlotte Bay.

– Départ à quelle heure ?

– Dix heures, après les courses. Vous couchez où ce soir ?

– Pour la dernière nuit en pays civilisé, nous allons nous offrir l'hôtel et prendre une bonne douche.

– Je vous conseille le Seaview sur l'esplanade. Ce n'est pas un backpaker, mais il ne coûte que vingt dollars par chambre.

Chapitre 7

Ils avaient quitté Cairns à 10 heures À 11 h 30, ils atteignirent Mosman. Cette fois-ci, ils n'eurent pas à repasser le bac de la Daintree river, car ils s'engagèrent sur la route de Cooktown de l'intérieur. C'est à Lakeland qu'ils devaient bifurquer sur la route de Coen en direction du Cap York. La route était goudronnée jusqu'à Coen. À Mount Gardine, ils s'arrêtèrent pour le lunch. Jeff était organisé. Il sortit une plaque de fonte à pieds pliants de son 4x4 capharnaüm, alluma un feu de bois pour la faire chauffer, agrippa un chapelet de saucisses dans l'icebox et les mit à griller.

– Les saucisses vous pouvez manger sans crainte, c'est moi qui les fais, il y en a au cochon sauvage, à l'émeut, ou au kangourou, des purs produits de ma chasse.

Il entama un pack de douze boîtes de bière et en distribua une à chacun. Quelle descente, le Jeff ! Pas le temps de le voir respirer, la boîte était vide. Il l'écrasa et la jeta dans un sac-poubelle en plastique. Respectueux de la nature, le bushman !

Comme il ne souhaitait pas rouler seul, Laurent partageait son véhicule pendant que Josué et les deux filles suivaient dans le leur. Laurent espérait recueillir quelques informations, mais Jeff avait désigné quelques arbres, certains oiseaux, montré un nid de serpent, s'était conduit en guide éclairé.

Le repas fini, ils repartirent en direction de Laura, la route était droite et déserte. Soudain, Laurent crut apercevoir un veau noir sur le bord de la route. Jeff avait freiné, tiré sa carabine de dessous son siège, et refaisait la route à pied. Le second véhicule avait également stoppé, avant d'arriver à sa hauteur. Jeff épaula et tira. Merde ! Il s'agissait d'un énorme cochon sauvage tout noir. Avec dextérité, Jeff prit son couteau et découpa les deux jambons, puis ouvrit la bête, récupéra le foie et les filets, et embarqua le tout dans le véhicule. Les deux jambons dans des sacs plastiques, le reste dans l'icebox également enveloppé dans une poche plastique.

– Ne vous inquiétez pas pour le reste de la bête. Demain, elle sera nettoyée, il ne restera plus que la carcasse. On va faire des heureux.

À seize heures trente, ils arrivaient à Laura.

– C'est comme vous voulez, dit Jeff, mais je pense qu'on pourrait coucher là. Dans moins de deux heures, il fera nuit et ici, le pub possède 4 ou 5 chambres rustiques bâties en longueur, le long du terrain d'aviation. En fait, c'est une piste en herbe très peu souvent utilisée, vous ne serez pas dérangé par le trafic et, ça évitera de monter le camp et de le démonter demain matin. De plus, on pourra manger au pub ce soir.

– Ça me va parfaitement, répondit Laurent qui voulait voir de quoi avait l'air ce pub où Peter avait enlevé sa compagne.

Le pub ressemblait à un pub de bush : grande pièce en bois, bar au fond où s'affalaient trois habitués, comptoir en zinc recouvert de serviettes éponge longues et étroites, jaunes avec 4 X rouges, la marque de la bière Queenslandaise. Aux murs, d'autres panneaux publicitaires pour Végémite, ce produit typiquement australien avec lequel il fallait avoir grandi pour ne pas s'enfuir en découvrant l'odeur. Mais tous les enfants en avaient tartiné sur leur pain de mie grillé. Une plaque émaillée vantant Ampool et deux dessins aborigènes pointillistes.

Au comptoir, ou plutôt derrière le comptoir, le gérant : la cinquantaine, chauve, gros, une chemise à carreaux ouverte sur un poitrail velu et une serveuse : même âge, même chemise garnie d'une poitrine opulente.

Quelques tables en bois entourées de chaises plastique moulé et 7 ou 8 tabourets alignés devant le bar où traînaient trois bushmen avachis.

Jeff commanda d'autorité 5 four X pression. La serveuse remplissait les verres à l'australienne : avec une raclette de bois, elle enlevait la mousse qui débordait, rajoutait de la bière et recommençait l'opération, jusqu'à ce que chaque verre ne soit uniquement rempli à ras bord que du liquide ambré. Josué se fit la réflexion que c'est peut-être de là que venait l'expression d'une bière sans faux col.

Le patron avait reconnu Jeff et parlait chasse avec lui. Jeff demanda s'il y avait des chambres. Les cinq étaient libres. Il en réserva 3 d'autorité. Dans sa tête, les autres vivaient en couple. Après tout, c'était peut-être récent et provisoire, mais vrai. Il demanda au patron si le festival avait bien marché cette année. Encore mieux que d'habitude. La télé : Channel 9, était venue filmer les quatre jours de fête. Il avait fait son beurre car toute l'équipe mangeait et logeait chez lui, plus quelques touristes. Laurent lui demanda s'il se souvenait de Peter. Il ne pouvait pas, il n'était là que depuis deux ans, avant il était à Weipa, sur le golf. Le gringalet à cheveux longs qui était accoudé au bar, à côté d'un chinois, et qui ne perdait rien de la conversation demanda :

– Quel Peter ?

– Celui qui est parti avec la serveuse du pub.

– Ah ! Michelle ! Oui, je l'ai connu, moi, le Peter, un intello !

À voir comme il prononçait "intello", ça ne devait pas être un compliment dans sa bouche.

– Et il est resté longtemps dans la région ?

– Assez pour embarquer la Michelle.

– Tu sais ce qu'il faisait ?

– Il fricotait avec les abos.

– Non, il faisait des relevés des dessins anciens dans les grottes abos, mais il ne fréquentait pas les aborigènes.

– Ah ! Non ! Eh bien, va donc demander au vieux de Mumburra, le vieux Jumbo, ils étaient cul et chemise, même que le Peter il est allé passer plusieurs jours dans la réserve, et dans la réserve il n'y a pas de sites à dessins.

– Tu crois qu'il soutenait des revendications aborigènes ?

– Qu'est-ce qu'ils pourraient revendiquer ? Avec toutes les subventions que le gouvernement leur verse à s'engraisser et à ne rien foutre.

– À ton avis, qu'est-ce qu'ils pouvaient faire ensemble ? Des javas ?

– Non, Jumbo, il ne boit même pas.

Et ça, c'était rédhibitoire. C'était bien la preuve qu'il ne méritait aucune considération.

– Alors quoi ?

– J'en sais foutre rien. Je n'ai jamais compris l'intérêt de leur fréquentation.

Le racisme n'a pas de frontière.

Avec la nuit et les sept heures sonnées, une douzaine de clients avaient envahi le pub. Pour la quasi-totalité d'entre eux, des allures de clochards ou d'employés agricoles négligés. C'est vrai que le pub n'avait pas vocation à exhiber des défilés de mode.

Laurent et ses amis s'assirent à une table et demandèrent le menu. Pour toute réponse, le patron leur indiqua la grande ardoise murale. Il y avait : salade, baramundi grillé, T'bone, pies aux rognons, pavlova. Chacun devait pouvoir y trouver son bonheur. C'est ce qu'ils firent.

La télé gueulait dans le coin droit, au-dessus du bar, car il y avait foule, et vingt personnes, un soir de semaine à Laura, c'était foule. Les locaux étaient venus pour voir le match de rugby australien qui se disputait ce soir entre les équipes de Perth et de Brisbane. Spécial, le rugby australien : 18 joueurs dans chaque camp sur un terrain rond. Des arbitres tout de blanc vêtus, chapeau blanc en sus et qui s'agitent tels des diables derrière les poteaux pour indiquer les points marqués. Des joueurs qui tapent avec le poing dans le ballon ovale pour faire des passes, des joueurs qui sautent comme des cabris. Un jeu viril mais aérien. Rien à voir avec le rugby à 13 ou à 15.

– Dis-moi, Jeff, le vieux Jumbo de Mumburra, tu connais ?

– Je connais, vous avez l'intention d'aller le voir ?

– Pourquoi pas ?

– C'est de la première urgence ? On y fonce directement demain matin ou vous voulez passer d'abord à Princess Charlotte Bay comme convenu ?

– Il n'y a pas le feu. Nous pouvons d'abord aller à la baie puisque c'était le programme initial. Pourquoi, ça rallongera énormément ? Ce n'est pas dans la même direction ?

– D'ici, on peut rejoindre Princess Charlotte Bay par Musegrave et on redescendra par Lakefields et les sentiers intérieurs, faiblement tracés, mais je les connais tous.

– Alors, on fera comme ça. La baie, c'est loin d'ici ?

– 200 bornes environ. Route goudronnée jusqu'à Musgrave, chemin de sable par Violet Vale, mais ça roule bien.

Ils avaient quitté Laura à huit heures après un solide breakfast. À 11 h 30, ils arrivaient à Princess Charlotte Bay. Avant Violet Vale, ils avaient bien vu une famille de cochons sauvages s'enfoncer dans la forêt, mais ils étaient trop loin pour que Jeff tente un coup de fusil. Trois ou quatre kangourous de petite taille avaient traversé devant eux, puis s'étaient arrêtés pour voir passer le véhicule. En arrivant, une plaine séparait la forêt de la rivière. Ils aperçurent de nombreux pêcheurs qui avaient installé leur campement. Des groupes électrogènes tournaient pour alimenter les chambres froides et la congélation dans ces camions isothermes.

Ils s'arrêtèrent au bord de la rivière, dans un coin à l'écart. Les cendres d'un ancien feu indiquaient que ce lieu avait été fréquenté. Jeff fit stopper le second 4x4, puis parcouru 500 mètres en terrain plat, choisit un arbre mort, l'attacha au câble du treuil et après l'avoir déraciné, le traîna jusqu'au camp pour le débiter à la scie à moteur à essence qu'il trimbalait dans son 4x4. La corvée de bois étant faite, il fit disposer les 4x4 en parallèle à cinq mètres de distance puis tira un câble de l'une à l'autre des galeries et posa sur celui-ci une bâche verte qui descendait en pente douce pour s'arrêter à 80 cm du sol. Il étendit une bâche imperméable sur le sol. Le camp était prêt. Fouillant à nouveau dans son 4x4 capharnaüm, Jeff sortit deux nasses, attacha au fond de celles-ci un morceau de cuissot de cochon et une corde à chaque nasse, munie à son extrémité d'une bouée de liège. Il sollicita l'aide de Josué pour descendre la barque d'aluminium arrimée, quille en l'air, sur le toit de son Toyota et mit celle-ci à l'eau.

– Nous allons immerger les nasses. Demain, pour votre petit-déjeuner, vous allez pouvoir déguster ce merveilleux met qu'est le mad crab.

– C'est quoi le mad crab ?

– Un crabe de vase, sucré, doux, délicieux, la chair la plus délicate que vous n'ayez jamais goûtée, à renvoyer les langoustes au royaume du papier mâché

Jeff tira du tuyau de PVC arrimé le long de sa galerie trois cannes à pêche.

– Y a-t-il des volontaires pour assurer le repas de midi, ou l'on fait cuire le cuissot de sanglier restant ?

– On ne pourrait pas manger ça ? demanda Simone en désignant du doigt un magnifique oiseau à 300 mètres de là, qui ressemblait à une grosse oie au cou allongé.

– Ça, c'est une bastarde. Elles sont protégées et c'est interdit de les tuer.

– Et c'est bon ?

– Oui, c'est bon, répondit Jeff en sortant la carabine de sous son siège.

Le fait est qu'une fois rôti sur un feu de bois, c'était délicieux.

– Je vous conseille une petite sieste après ce bon déjeuner, dit Jeff.

Tout le monde s'étendit sous la bâche. Laurent se fit la réflexion qu'il l'avait vue verte elle était noire. Il comprit immédiatement pourquoi quand une escadrille de moustiques à ridiculiser la R.A.F., plongea sur les corps allongés.

– Putain ! dit Laurent, vous croyez qu'on va pouvoir dormir ici ?

Ils avaient négligé l'achat de moustiquaires pour s'équiper de crème antimoustiques dont chacun se badigeonnait sans l'économiser. Seul Jeff, sans protection, était ignoré, des moustiques. À croire qu'il était immunisé ou qu'il avait signé un pacte de non-agression avec les affamés.

L'après-midi s'était passée à visiter le coin : soit des terrains marécageux asséchés, soit des sous-bois sablonneux. Guère d'endroits qui puissent convenir pour creuser des cavités dans ce sol trop meuble.

La nuit avait été terrible. Même la tête sous des serviettes, les moustiques s'infiltraient. Josué avait campé sur le toit du 4x4, en plein air, en espérant que les escadrons de moustiques se concentreraient sur les dormeurs étendus sous la bâche. Jane et Laurent s'étaient enfermés dans le 4 x 4 en espérant illusoirement que celui-ci serait clos. Bref, nul ne fut à l'abri du festin des moustiques.

Au matin, ils relevèrent les nasses. Jeff, qui les surprenait toujours, avait sorti un bidon métallique de son véhicule, l'avait empli d'eau de la rivière aux 3/4 et y versa le produit des nasses, soit neuf énormes crabes dont cinq sans pinces.

Le bidon fut installé sur les bûches flambantes et les crabes ne tardèrent pas à quitter leur couleur bleue pour un très beau rouge. Il expliqua pourquoi l'on trouvait des crabes sans pinces. Quand les pêcheurs remontent des crabes dont la taille est légèrement inférieure à la taille légale autorisée, ils les rejettent à l'eau, mais après s'être emparés des pattes.

Celles-ci vont ravitailler les restaurants de Cairns où personne, au seul vu des pattes, peut justifier qu'elles proviennent d'un crustacé hors norme. Quant aux crabes, eux, ils continuent de grandir s'ils ont du pot, car ils n'ont plus de moyens de défense.

C'est vrai que le madcrab était un régal, à vous réconcilier avec la région. Le camp fut rapidement démonté et les véhicules, après cinq kilomètres sur la route sablonneuse par laquelle ils étaient arrivés, s'enfoncèrent à gauche par les petits sentiers forestiers, en direction de Lakeville. Ces sentiers étaient si faiblement tracés que, sans la connaissance de Jeff, ils se seraient vite perdus. Au milieu de la forêt, quelle ne fut pas leur surprise quand, traversant un cours d'eau à gué, ils virent, au bord de celui-ci, un camping-car stationné, auprès duquel un couple de pêcheurs âgés tendait stoïquement leurs lignes au milieu d'un nuage de moustiques à couper au couteau.

Passé le cours d'eau, la forêt s'éclaircit et ils arrivèrent sur un terrain rocailleux. Des rochers plats, au niveau du sol, comme si la nature avait pavé là une voie romaine. À midi, ils rencontrèrent un cours d'eau où se pavanaient trois sortes de hérons blancs.

– C'est peut-être le moment et l'occasion de se débarbouiller, dit Josué.

Sitôt dit, sitôt fait, tout le monde se retrouva à poil pour se savonner au bord de l'eau puis se rincer dans cette eau fraîche dont les fonds ne dépassaient pas cinquante centimètres.

– Après la maison des rangers, dit Jeff, nous traverserons la Normanby river pour rejoindre Mumburra par l'intérieur, sinon, il faut faire un crochet par Cooktown, qu'en penses-tu Laurent ?

– Ça rallonge beaucoup ?

– 100 bornes.

– Va pour l'intérieur, à quoi bon s'allonger. On arrivera à quelle heure ?

– Avec une heure d'arrêt pour le lunch, on y sera vers quatre heures et demie.

– Parfait.

Chapitre 8

Le drapeau aborigène aux deux bandes horizontales noires et rouges avec un rond jaune flottait sur le village aborigène. Le mur de l'école était revêtu d'une fresque joyeuse où des enfants gais et noirs jouaient avec des animaux. Le bureau de poste et le poste de police, près de l'église en bois, trônaient au milieu des maisons blanches et fleuries. Le long de la rue principale, une suite de petits jardins où souvent pourrissaient deux ou trois carcasses de voitures plus ou moins accidentées.

Le vieux Jumbo habitait l'une des dernières maisons du village en direction de la plage. Il n'était pas chez lui. Il était justement à la plage où il construisait un cabanon. La mer n'était qu'à cinq kilomètres. Ils trouvèrent l'intéressé au bord de l'eau, assis sur une barque renversée, en train de s'escrimer à vouloir réparer une scie semblable à celle de Jeff. Les deux hommes s'étreignirent et Jeff fit les présentations. Puis il alluma un feu, mit le billy à chauffer pour faire le thé et s'empara de la scie pour l'examiner. En fait, c'était le câble de la bougie qui était sectionné. 10 minutes plus tard, l'engin était comme neuf. Jeff servit le thé.

– Je crois que tu connaissais notre ami Peter ? dit Laurent.

– Je connais. Pourquoi dis-tu connaissais ?

– Peter a été assassiné, et nous, ses amis, nous aimerions bien savoir par qui et pourquoi ?

– C'était un homme sage et discret, un homme bon.

– C'est aussi ce que nous a dit son ami le vieux Wagaloo de Coober Pedy.

– Je ne connais pas celui dont tu parles, mais il avait beaucoup d'amis parmi mes frères de sang.

– Il relevait tous les dessins de tes ancêtres pour publier un livre qui devait les faire connaître au monde entier. On m'a dit aussi qu'il avait assuré le lancement de peintres aborigènes d'Alice Spring.

– Oui, je l'ai conduit à tous les sites sacrés de la péninsule et accompagné au festival de Laura.

– Pour être francs, nous pensons que son assassinat pourrait être consécutif à des découvertes qu'il aurait faites dans la région.

– Quelles découvertes ?

– Des silos, enfin des cavités creusées dans lesquelles on pourrait installer des fusées. Un lieu secret dont les initiateurs ne souhaiteraient pas que l'existence soit connue. Vois-tu quelque chose qui ressemble à ça ?

– .... Je cherche... Peut-être est-ce en liaison avec notre voyage à Wrastham Park.

– Wrastham Park, c'est un lieu bien exploité sur le plan touristique. Il y a des escaliers qui mènent aux dessins et un parking en bas avec un bureau du département ethnique qui vend des tickets de visite. Ça n'a rien d'un lieu discret.

– Je vois, Jeff, que tu connais bien le coin. Non, le lieu de la visite est entretenu et organisé, mais il est sur une face de la falaise. Ce dont je parle est sur le plateau, à 4 ou 5 km dans le bush. Intrigué par un bruit lointain, alors qu'avec Peter nous étions assis sur le haut de la falaise, j'ai souhaité, par curiosité, aller voir ce qui se passait sur notre territoire. Peter m'a accompagné et nous avons découvert une pelle hydraulique qui avait creusé des galeries et une énorme fosse. C'était un blanc, un italien, qui conduisait l'engin et lui se foutait de savoir à quoi ça allait servir, dans la mesure où il était payé pour faire ce boulot. S'il n'a pu répondre à mes questions, il n'a pas cru bon de m'interdire la visite de mon territoire. Dans une galerie aménagée, il y avait du matériel dans des emballages et des caisses en bois, et Peter a tout relevé dans un carnet.

– Si ce matériel venait de l'étranger, interrompit Jane, il ne pouvait venir que d'une voie officielle, car la loi, ici, oblige que toute caisse ou emballage en bois soient immédiatement détruits ou brûlé sur le quai d'arrivée, s'il ne peut pas fournir la preuve qu'il s'agit d'un bois spécialement traité.

– Peter n'en a pas parlé avec toi ?

– Non, il m'a juste demandé comment quelqu'un pouvait creuser dans notre réserve sans en avoir reçu l'autorisation.

– Bien entendu, il n'en avait pas.

– J'ai questionné le conseil des sages. Il y avait bien eu une demande de travaux qui devaient avoir lieu à plus de 4 km de tout site sacré. Il s'agissait de rechercher des opales et la tribu devait percevoir 20 % des découvertes.

– Comme il n'y a pas d'opales dans le coin, 20 % de zéro égale zéro. Ils ne s'engageaient pas beaucoup. Comment ont-ils fait pour convaincre tes amis ?

– Justement en expliquant qu'ils avaient fait une opération similaire dans une autre tribu et que celle-ci avait touché 400 000 dollars.

– Et c'était où ?

– Vers Rubyvale.

– Et Rubyvale, c'est où ?

C'est Jane qui répondit :

– C'est à une centaine de bornes de Emerald.

– Et vous avez eu la preuve de la véracité de ces dires ?

– Nous l'avons eue.

– Facile, dit Josué, c'est le prix qu'ils ont payé pour justifier leur soi-disant prospection et avoir la paix.

– Es-tu retourné sur ce site de Wrastham Park ?

– Non, nous n'avons pas coutume d'espionner les prospecteurs. À partir du moment où ils ont une autorisation, l'affaire est classée.

– Et leur "prospection" a duré longtemps ?

– Environ deux ans.

– Et ils vous ont versé quelque chose ?

– Ils ont prétendu qu'il n'y avait pas de pierres dans le coin.

– Et tu pourrais nous conduire là-bas ?

– Oui, je pourrais, mais vous pensez découvrir quoi ?

– Peut-être une base de fusées.

– Les fusées, c'est à Cap York que les Américains emménagent une base de lancement, avec l'accord de John Bjelke Peterson, l'ancien Premier ministre du Queensland.

– Je ne parle pas d'une aire de lancement de ce genre de fusées pour lancer des satellites, je parle de fusées missiles, d'armes de guerre.

– Et qui serait installées ici en secret ?

– Oui, et pas par des Américains, je pense à des chinois.

– Et, ajoute Josué, desquels vous pourriez être considérés complices.

– Les guerres des blancs ne sont pas les nôtres, puisque le gouvernement ne nous considère pas comme des Australiens.

– Peut-être, mais si un jour ça pète, les fusées qui risquent de pleuvoir dans le coin ne feront pas le tri entre noirs et blancs.

Au pied de la falaise, un parking avait été aménagé avec goût. Des pierres blanches délimitaient des places de stationnement en carré autour de chaque arbre. Un mobile home avec documentation et guichet où trônait une grosse aborigène délivrait des tickets de visite. Droit d'entrée : 10 dollars. Un escalier montait en zigzaguant jusqu'à 800 mètres de hauteur. Là, une esplanade en caillebotis permettait de se promener devant les peintures anciennes qui s'étalaient sur le rocher incurvé. Protégé par l'avancée du haut de la falaise, un petit escalier de bois permettait d'atteindre le haut de cette falaise, où un petit promontoire avait été construit afin d'admirer la plaine en contrebas. De là, on pouvait deviner, à 7 ou 8 km, l'approche des rares véhicules par le nuage de poussière qu'ils soulevaient dès qu'ils abordaient le vallon.

Le dessus du plateau était plat et aride. À la suite du vieux Jumbo, ils se dirigèrent vers le sud-ouest. Après 3 ou 4 km de marche, la nature changeait. Des arbres clairsemés avaient conquis le coin. Un kilomètre plus loin, le sol était à nouveau dégagé et aride. Le vieux Jumbo avait l'air surpris. La cavité avait disparu, mais c'était sans compter sur le sens aigu de chasseurs des aborigènes.

– C'est ici que le sol a été creusé. C'est recouvert de sable.

Ils grattèrent un peu et ne tardèrent pas à découvrir le dôme métallique.

– Eh bien, dit Laurent, je crois que le travail est terminé. Il doit y avoir ici, comme en France dans les Causses, un silo enterré où se dresse une fusée. L'entrée doit être dissimulée dans les environs.

Il ne fallut pas longtemps au vieux Jumbo pour la découvrir. Il s'agissait d'une trappe, elle aussi enfouie sous le sable, et qui devait conduire aux galeries.

– Et maintenant, Laurent ?

– Je crois, mon vieux Josué, que personne n'a besoin de séjourner ici. L'engin doit pouvoir, tout comme l'ouverture du silo, être télécommandé et je ne pense pas que nous puissions pénétrer dans les lieux.

En quelques minutes, tout fut à nouveau recouvert de sable et toutes traces de leur passage furent effacées.

Le retour aux véhicules se fit sans problème et là ils tinrent un conseil de guerre. C'est Simone qui prit la parole la première.

– Ça ne va pas être facile de découvrir ces types si, à Ruby ou ailleurs, ils ont fait comme ici des travaux qui, une fois terminés, sont bien camouflés et ne nécessitent aucune présence. Le pauvre Peter ne sera pas vengé de sitôt.

– À supposer qu'il y ait des travaux similaires ailleurs et tous terminés.

– Pourquoi Laurent ? Tu penses que certains pourraient encore être en construction ?

– Je pense que ce que nous venons de découvrir date de plusieurs années, cinq environ, puisque d'après Jumbo, c'était dans l'année précédant le départ de Peter et que celui-ci a séjourné quatre ans à Coober Pedy. Ceci n'a aucun rapport avec la mort de Peter, car il n'y avait aucune raison de l'assassiner aujourd'hui. S'il avait été considérer comme dangereux à l'époque, il aurait été descendu aussitôt. Je pense que sa mort est due à des découvertes récentes.

– Pas con.

– Merci.

– Et pour ce site, que fait-on ?

– Rien, on s'écrase, on constitue un dossier. Quand celui-ci sera remis aux Aussies, ils s'en démerderont. Mais nous avons la preuve que les tuyaux de Peter n'étaient pas bidon. Votre copain n'était pas un affabulateur. Reste à trouver ce qui se trame actuellement, et ce n'est pas dans cette région.

Chapitre 9

Les adieux avec Jeff avaient été amicaux. En peu de jours, le courant était passé entre eux. Dans un étui de film photographique, il avait donné quelques graines à Simone, ainsi qu'une poignée d'herbe séchée dans une boîte tupperware. Les quatre amis avaient repris la route vers le sud.

Grâce à Jumbo, nous avons pu trouver avec précision la situation d'un site, mais il n'y aura pas de Jumbo partout. Si nous voulons enquêter dans l'ordre à Ruby et Lightning Ridge, ça ne va pas être de la tarte.

– Ne t'inquiète pas Jane, qui vivra verra.

Bien que Ruby soit située au Nord d'Emerald, ils décidèrent de passer d'abord voir l'ancienne épouse de Peter, et puis la route était meilleure par ce circuit que de bifurquer à Clermont directement vers Ruvyvale.

Michelle était dans la boutique accueil de sa propriété. C'est Jane qui lui demanda si elle avait reçu dans les derniers mois des nouvelles de Peter.

– Non, il est passé l'année dernière en coup de vent, puis plus rien.

Ils lui annoncèrent sa mort, ce qui ne la laissa pas indifférente.

– Merde, un si gentil garçon.

– Vous étiez divorcés ?

– Non, car nous n'avons jamais été mariés, mais c'est tout comme. Nous nous sommes séparés en bons termes. Je n'étais pas faite pour mener une vie de mineur, ni pour bouger tout le temps avec lui. Tu étais sa nouvelle compagne ?

C'était dit sans animosité ou le moindre signe de jalousie, juste une simple question de curiosité.

– Non, c'est Simone ma compagne, nous étions les seules amies qu'il avait et qu'il fréquentait. Nous l'aimions bien et j'avoue que je n'aimerais pas que sa mort reste impunie.

– Vous n'êtes pas venues de si loin uniquement pour m'annoncer la nouvelle ?

– Non, nous pensons que Peter avait fait des découvertes que certains ne souhaitaient pas voir diffuser.

– Quelles découvertes ?

– Justement, nous ne savons pas... Et vous, savez-vous s'il y a des gens qui creusent discrètement dans le coin, vers Rubyvale ?

– Non, ici il y a trois propriétés comme la nôtre, celle de Sam., d'Irvin et de John John et la mine gouvernementale. Rien d'autre.

– Et vers Rubyvale ?

— Non plus, il y a sept ou huit prospecteurs au Nord de la réserve Abo et c'est tout. Eux, on les connaît tous vu qu'il y a quelque temps qu'ils sont là et viennent à Emerald pour le ravitaillement.

Josué interféra dans la conversation.

— Y a-t-il des chinois dans le tas ?

— Des chinois ? Non, aucun.

— Peter ne vous a jamais fait aucune réflexion ?

— Réflexion sur quoi ?

— Je ne sais pas, sur quelque chose d'inhabituel, ou qui l'aurait intrigué.

— Non, je ne vois pas.

Son compagnon le Yougoslave était parti faire réparer une pièce de tracteur. Ils n'attendirent pas son retour pour prendre congé et se diriger vers Rubyvale.

La réserve était située à l'Est et avant l'entrée dans le bled. Ils se rendirent à la maison communale et demandèrent à parler au chef de tribu. Wongga était parti chasser le kangourou. Il ne serait pas de retour avant la tombée de la nuit, mais ils pouvaient l'attendre là s'ils le souhaitaient.

Le ciel était pourpre à la tombée du jour quand le chef arriva muni de sa lance, de son boomerang, vêtu d'un pagne court et accompagné de deux jeunes garçons qui trimbalaient sur leurs épaules, l'un un wallaby, l'autre un cochon sauvage. Josué avait allumé un feu pour faire chauffer l'eau du thé et Wongga vint s'asseoir avec eux autour du foyer.

— Vous vouliez me voir ?

— C'est le vieux Jumbo de Mumburra qui nous envoie vers toi. Il nous a dit qu'il y a 5 ans environ, il avait questionné ta tribu pour savoir s'il était exact que des mineurs avaient souhaité prospecter sur les terres de ta tribu en te versant une commission et que cela vous avait rapporté 400 000.

— Le vieux Jumbo ne t'a pas menti.

— Et tu pourrais nous indiquer où exactement ils ont mené leurs recherches ?

— Je peux.

— Et celles-ci sont finies depuis longtemps ?

— Six ans environ.

— Aucun d'entre vous n'a participé à leur travail ou les a accompagnés ?

— Non, personne.

— Et vous n'avez jamais exploré cette région depuis ?

— Si tu veux dire y chercher des pierres, non. Le sous-sol ne nous intéresse pas, mais nous y sommes forcément passés parfois en allant à la chasse. Vous cherchez quoi exactement ?

— Nous cherchons un endroit où l'on aurait pu creuser un grand trou, puis le refermer par un couvercle métallique recouvert de terre pour le dissimuler.

— Je ne vois pas.

— Et des chinois, dans le coin, vous en avez vu ? demanda Josué.

– Des chinois ? Il y avait Chêne, mais il a quitté la région il y a 4 ans.

– Et lui, il prospectait dans le coin ?

– Non. Il achetait des pierres aux prospecteurs.

– À ceux qui travaillaient dans la réserve ?

– Oui. D'ailleurs, c'est lui qui nous a versé la commission de 400 000 dollars.

– Et il était comment ce Chen ?

– Jaune.

– Mais encore ? Y aurait-il un moyen de l'identifier, d'avoir une photo, de savoir où il est ?

– Non, je ne crois pas. Mais Wanadoo est celle qui le connaissait le mieux. Elle assurait son ménage et gardait sa maison.

– On peut la voir ?

On pouvait. À la demande du Chef, un jeune aborigène qui jouait avec un chien près du 4x4 partit la chercher.

Wanadoo avait la trentaine, elle était habillée d'une robe en tee-shirt long du plus beau rouge. Le Chef lui demanda comment on pouvait retrouver Chen, et si elle pouvait le décrire le plus scrupuleusement possible.

– Il n'est pas en Australie, mais je pense qu'il ne va pas tarder à arriver. En principe, il doit aller à Coober Pedy pour acheter des pierres à l'Opal Inn Hôtel.

– Tu es restée en relations avec lui ?

– Il m'a écrit cinq ou six fois en 4 ans.

– Tu as été sa lubra ?

– Non, mais il m'aimait bien. C'est d'ailleurs moi qui veille sur le matériel qu'il a laissé ici. Il doit venir le récupérer car il n'avait pu l'emmener en partant.

– On pourrait voir le matériel ?

– Oui, si le Chef est d'accord.

Il l'était. Tout le monde s'engouffra dans son sillage jusqu'à sa maison.

– Voilà, dit-elle en montrant une cantine métallique.

Sans s'inquiéter du moindre avis, Laurent vérifia le cadenas qui verrouillait la tige de fer et l'ouvrit en moins de deux minutes.

Il ne contenait que des documents en chinois, des cartes routières, des articles de presse dont certains avec des photos, un appareil qui ressemblait à une radio à ondes courtes, un appareil photo, un petit sac de toile contenant des bulders d'opale et trois tee-shirts.

Laurent feuilletait les articles de presse sans grand intérêt. Wanadoo, qui regardait par-dessus son épaule, s'écria

– C'est Chen !

La photo montrait un groupe de chinois entourant un dragon au chinatown de Sydney, lors de la fête du Têt. Elle posa un doigt sur un individu qui souriait au second rang. Laurent arracha la page et la glissa dans sa poche. Puis, tout fut rangé, cadenas verrouillé, et la troupe s'en retourna autour du feu. La nuit était tombée maintenant, mais les abos semblaient être nyctalopes.

– Dis-moi Josué, tu as regardé le poste de radio ?

– Oui, beau relais pour émetteur à ondes courtes, par contre on ne doit pas pouvoir capter de grandes émissions avec ça.

– Je pense qu'avec la photo, on a bien avancé... Dis-moi Wanadoo, sais-tu pourquoi il a laissé des affaires ici ?

– Oui, il a dû partir rapidement, et il était largement en surcharge pour prendre l'avion.

– Et, à part récupérer ses affaires, aurait-il d'autres raisons de revenir ici ?

– Non... À moins qu'il ne veuille voir son arbre.

– Son arbre ?

– Oui. Il avait planté un arbre, il m'a dit que c'était pour lui un arbre fétiche et qu'il ne fallait surtout pas qu'il meure. D'ailleurs, je suis allée la première année l'arroser de temps en temps pour assurer son démarrage.

– C'est quelle sorte d'arbre ?

– Une "patte de kangourou rouge".

– Et il y a beaucoup d'arbres de cette espèce dans la région ?

– Non, c'est le seul.

– Tu pourrais nous le montrer ?

– Cette nuit ?

– Non, demain au jour. Le Chef permet-il que nous campions dans la réserve ?

Il permettait.

Le lendemain matin, chacun était prêt dès sept heures, après s'être lavé au cours d'eau et avoir bu le thé. Ils montèrent à six dans le 4x4. Les quatre voyageurs, le Chef et Wanadoo qui indiquait la route. Ils firent 7 ou 8 km avant que celle-ci ne fasse stopper le véhicule et désigne un arbuste qui détonnait au milieu des quelques eucalyptus épars.

– Sans doute un point de repère, dit Laurent, s'il existe un silo, il ne doit pas être loin.

Il expliqua à Wongga qu'ils souhaitaient découvrir s'il n'y avait pas de caverne enterrée. Ils allaient aller jusqu'à Rockhampton louer un détecteur de métal. Wanadoo prit la parole.

– Peut-être que ce que vous cherchez a un rapport avec la voix des ancêtres ?

– Oui, il y a un endroit où, quand on frappe le sol, il y a une résonance.

Elle fit quinze pas à l'est de l'arbuste et désigna le sol.

– Rien de spécial en cet endroit, dit Josué, mais on peut toujours s'en assurer.

Il prit dans le 4x4 la pelle pliante prévue pour les cas d'ensablage et se mit à gratter le sol. La terre était poussiéreuse, et sous quarante centimètres de sable, il découvrit la surface métallique. En dix minutes, ils dégagèrent assez de terrain pour apercevoir la quasi-totalité du dôme.

– Eh bien, nous en savons assez. Il nous reste à tout remettre en état. Tu vois, Wongga, sous prétexte de chercher des pierres, les chinois ont en fait construit un silo dans lequel sommeille une fusée qui n'attend qu'un ordre pour aller semer la mort.

Le vieux Chef était abasourdi. Comment cela avait-il pu s'installer sans que personne n'en ait jamais rien su ?

– Ils ont tout simplement tout fait transiter à travers bush sans passer par la réserve. Ne t'inquiète pas, Wongga, cela a été installé en prévision d'un éventuel conflit futur. Actuellement, c'est sans danger. Mais je souhaiterais que ni toi, ni Wanadoo ne révéliez quoi que ce soit à quiconque, et surtout pas à Chen s'il venait récupérer son bien.

Ils promirent tous les deux.

– Ainsi, Chen devrait être arrivé ou est sur le point d'arriver à Coober Pedy. Il va nous falloir retourner là-bas, mais cette fois nous avons un élément intéressant avec la photo du chinois.

– Il nous reste l'étape de Lightning Ridge sur la route.

Chapitre 10

À Lightning Ridge, le bureau de demande de concession se trouve à côté de la pharmacie, avant le Western Motel, qui, lui-même, jouxte l'immense salle complexe des fêtes. Ils s'enquirent de savoir s'il y avait eu des demandes de permis pour des claims déposées au nom de Peter ou par des chinois dans les cinq dernières années. Les recherches s'avérèrent négatives. Pas de réserve abo dans le coin. Les chinois n'avaient pu creuser dans le coin sans permis ou sans complicité. Alors ? Ils décidèrent de visiter le musée de l'opale au bout de la grande rue, peut-être la Directrice aurait-elle entendu parler de prospecteurs chinois ? Chou blanc. Par contre, ils découvrirent une magnifique exposition de peinture de l'artiste local John Murray.

Ils firent un tour de ville en voiture, allant jusqu'aux bâtiments de bains thérapeutiques à eau soufrée, pour se faire une idée de la topographie du bled. Mais rien de spécial qui puisse frapper l'imagination. La presque totalité des claims étaient des trous à ciel ouvert. Seule, la vieille mine touristique qui accueillait toutes les deux heures des visites guidées possédait des galeries souterraines sur plusieurs centaines de mètres. Mais elle appartenait à une très vieille famille locale et ne pouvait correspondre au site recherché. Déçus, ils décidèrent que puisqu'il était 6 heures du soir, c'était l'heure de fréquenter les pubs, et qu'il ne leur restait plus qu'à questionner la clientèle. Comme ils approchaient du plus important, jouxtant un grand parking, Laurent lut sur le mur du pub l'avertissement suivant : "Parking réservé aux patrons".

– Putain, ils ne s'emmerdent pas les patrons, de se réserver de si belles places !

Jane dut lui expliquer qu'il s'agissait d'un "faux ami". En Australie, patron de pub, ça veut dire client À propos de clients, ils les questionnèrent tous ou presque. Personne n'avait souvenir de prospecteurs chinois. D'ailleurs, il n'y avait pas de chinois en ville, même les takes away et la blanchisserie étaient tenus par des Européens.

– Eh bien, il ne nous reste plus qu'à aller casser la croûte et passer une bonne nuit.

Le restaurant du Western était licencié et plus que correct. Les chambres également étaient d'un bon niveau. Dans chacune, un poste de télé y diffusait 4 chaînes, plus 2 chaînes internes de vidéo programmées par la Direction et un canal interne permettant la vision de cassettes vidéo que l'on pouvait louer à l'accueil. X comprises. Bonne nuit les petits.

Ils prirent le breakfast à sept heures et à huit heures tout le monde était prêt pour attaquer la journée. Ils avaient décidé de prospecter tout autour de la ville dans un rayon de 30 km et principalement vers la nationale où se situaient quelques mines éparses. Ils se dirigèrent vers le 4x4 et les filles grimpèrent les premières. Josué s'était dirigé à gauche.

– Tu veux conduire ?

Josué approuva de la tête. Laurent lui balança les clefs par-dessus le capot, mais un peu haut. Il les attrapa au vol en tendant le bras. Du fait, il laissa tomber la carte d'état-major qu'il tenait roulée sous l'aisselle, l'autre main étant prise par la poche plastique de cubes de glace qu'il avait pris au bar pour rafraîchir l'icebox. C'est en se penchant pour ramasser la carte qui avait roulé sous le véhicule qu'il aperçut le fil, puis en remontant celui-ci, le paquet de dynamite fixé sous le châssis.

– Tout le monde dehors !

Au ton de son ordre, Laurent sut que c'était sérieux. Sans savoir pourquoi, il obéit alors que les filles grommelaient.

– Tu as vu le diable ?

– Tout comme, Laurent vient voir.

– Il vit.

– Si on avait mis le contact, c'était Hiroshima !

– Putain, le pot !

Tout le monde reflua vers la salle du restaurant. Laurent demanda au patron s'il connaissait des chinois en ville. Celui-ci confirma les dires recueillis dans les pubs. Pas un jaune n'habitait Lightning Ridge.

– Et il n'en vient jamais ?

– Non, le seul asiatique que j'ai vu, c'est le représentant en outillage qui était ici hier. Le client de la chambre 18. Il est reparti de bonne heure ce matin, avant même le lever du jour.

Conseil de guerre. Les idées allaient bon train.

– Si c'est le client en question qui a voulu nous faire le cadeau, comment a-t-il pu nous repérer ? Hier soir, nous n'avons guère été discrets puisque nous avons interrogé tous les clients des pubs, autrement dit la moitié de la ville. Mais même si les chinois ont un espion dans la ville, il ne pouvait avertir l'artificier puisque celui-ci était déjà sur place hier soir !

– Autrement dit, Laurent, nous étions repérés avant ?

– Oui, Rubyvale, nous n'y avons fait qu'un passage éclair. À mon avis, c'est bien avant. Ça doit dater du Nord Queensland.

– .... Rappelle-toi, quand nous étions au pub de Laura, que nous avons parlé de Peter avec le gringalet accoudé au bar, il y avait un chinetoque à côté de lui. Et le gringalet a parlé du vieux Jumbo, du fait que Peter soit allé séjourner dans sa tribu.

– Bonne mémoire, Jane, et bon sens de l'observation. Bien évidemment, tous les jaunes ne sont sûrement pas dans le coup.

– Non, mais il peut en rester 1 ou 2 par site, intégrés dans la vie locale et qui ont pour mission de laisser traîner les oreilles.

– C'est fort possible.

– Alors, que fait-on maintenant ?

– La première chose, désamorcer l'engin. Ensuite, je propose de faire l'impasse sur Lightning Ridge, de toute façon nous n'avons pas le moindre bout de piste, et de regagner dare dare Coober Pedy par le plus court chemin, avant d'être attendus là-bas par un méga feu d'artifice.

– Le plus court chemin, c'est par Bourke, Broken Hill, Peterborough et Port Augusta, et il doit y en avoir pour 3 500 bornes.

Chapitre 11

Ils avaient rejoint Coober Pedy en fin d'après-midi et s'étaient installés dans le dugout des filles. Tout le monde avait trouvé ça naturel. Au pub, ils furent accueillis comme de vieilles connaissances. Le gros Bob avait donné sa claque amicale sur l'épaule des hommes et s'était heureusement limité à saluer les filles de la tête et d'un clin d'œil. Elles lui rendirent son salut et Jane paya sa tournée comme un mec.

– Alors, les gars, fini cette petite virée ?

– Eh ! Oui, toutes les bonnes choses ont une fin, il va falloir retourner à la mine.

– Les ventes ont commencé ? demanda Simone.

– Sans doute demain, les premiers chinois sont arrivés à l'hôtel aujourd'hui.

– Au fait, Bob, j'aimerais récupérer la montre de Peter, sais-tu où il l'a mise au clou ?

– Oui, c'est Wong le chinois de la pizzeria qui fait office de Mont de Piété. Mais il faudra aller chez lui. Il ne vient jamais au pub. Tu sais, les chinois ce sont des petites fourmis économes.

– Alors, quoi de neuf ici pendant notre absence ?

– Le train-train, à part le vieil italien qui s'est bagarré avec un Yougo et qui s'est fait péter la gueule, tout ça pour une question de politique yougoslave dont on n'a rien à foutre.

– Et l'enquête sur la mort de Peter, ça avance ?

– Tu parles, le fédéral a interrogé quelques personnes pendant deux jours et il a regagné le Comté. Pour l'instant, c'est au point mort, et ça risque d'y rester un moment. Et vous, les vacances se sont bien passées ?

Il avait un œil égrillard en demandant cela, qui faisait que l'on traduisait d'office sa question par : alors c'était bon avec les deux lesbiennes ?

– C'était sympa mon pote !

Trois ou quatre tournées de bière se succédèrent en parlant de tout et de rien.

– Ah ! J'y repense, le vieux Wagaloo a cherché à te joindre.

– Le vieux Wagaloo ?

– Oui, c'est Kelvin de la station-service qui m'a dit ça.

Laurent et Josué revinrent visiter le groupe aborigène toujours installé à la sortie de la ville. Après les salutations d'usage, ils s'assirent autour du foyer.

– J'ai appris que tu avais demandé après moi.

– Oui, j'ignorais où te joindre, mais je savais que tu serais bien obligé un jour ou l'autre d'aller faire le plein de carburant.

– Nous étions partis dans le Queensland du nord où nous avons visité tes frères de sang et nous ne sommes revenus qu'aujourd'hui.

– Après ta visite, j'ai réfléchi et il m'est revenu un souvenir qui pourrait peut-être t'intéresser. A ta précédente visite, tu voulais savoir ce qui intéressait Peter et de quoi nous discutions ensemble. Et je t'ai raconté ses questions à propos de nos droits, de nos coutumes, de nos croyances, de nos rapports avec l'administration. Mais après ton départ, j'ai pensé à autre chose. Il y a aussi un territoire sur lequel Peter m'a longuement interrogé. Il voulait savoir s'il était sur une de nos réserves, mais il n'y était pas. Et pourtant, il m'a beaucoup questionné sur ce lieu et voulait savoir si nous y passions souvent, même s'il n'était ni sacré, ni dans nos limites de réserve.

– Et cet endroit t'est connu ? C'est loin d'ici ?

– Non, ce n'est pas loin, c'est à trois jours de marche.

– Tu as une notion de ce que ça représente en kilomètres ?

– Oui. 140... 150 km. C'est sur la route de William Creek, après avoir passé Engenina Creek.

– Et Peter s'intéressait à cette région ?

– Oui, mais il ne m'a pas dit pourquoi. J'ignore s'il y soupçonnait des gisements d'opale, mais ses questions avaient rapport à la nature des lieux, à leur appartenance, à leur fréquentation.

– Tu pourrais nous y conduire ?

– Oui, mais il s'agit d'une zone relativement étendue. Peter ne m'a pas précisé si un point particulier l'intéressait.

– Ce serait déjà bien d'aller se promener dans le coin.

– Tu crois qu'il peut y avoir une relation entre ce lieu et la mort de Peter ?

– Peut-être.

– Alors je suis prêt à t'accompagner. Mais sais-tu ce que tu dois y chercher ?

– Oui, je sais.

– Alors j'en suis heureux, j'espère que tu trouveras.

Ils étaient partis à six heures du matin. Les filles avaient été consignées dans leur dugout avec mission de n'y laisser pénétrer personne. La seule sortie qu'elles devaient faire, était une visite éclair à l'Opal Inn hôtel pour vendre quelques pierres et vérifier si Chen s'y trouvait.

Wagaloo avait, d'autorité, emmené son jeune fils de 12 ans qui ne le quittait jamais. Ils prirent la route de terre battue pour arriver à Engenina Creek aux environs de sept heures trente. La crique complètement asséchée en cette saison ressemblait à un chemin de sable tortueux entre deux fossés de deux mètres de haut, bordés par intervalles de quelques arbustes rabougris.

– C'est à partir d'ici que le lieu intéressait Peter, dit Wagaloo.

– À ton avis, sur une grande superficie ?

– En longueur, sur une dizaine de kilomètres, puisqu'il a fait état du vieux bidon rouillé et que celui-ci se trouve en bord de route à cette distance. Mais du Nord ou du Sud, j'ignore. Peut-être la même distance.

– Eh ! Bien, Josué, tu n'as plus qu'à passer en quatre roues motrices, on va se balader dans le bush.

Ils parcouraient la partie sud de la route par des voyages qui découpaient le secteur en lignes croisées, ce qui leur permit d'inspecter minutieusement une zone carrée d'une dizaine de kilomètres. À midi, ils étaient de retour sur la route et prirent une demi-heure de pause pour avaler un lunch. En réalité, la pause dépassa les prévisions car ce n'est qu'à treize heures qu'ils redémarrèrent pour explorer une zone identique au Nord de la route. Ils n'avaient pas roulé 800 mètres que Wagaloo intervint.

– Il y a des traces de voitures ici.

Les deux Européens examinaient le sol, mais ne voyaient qu'une étendue sableuse uniforme.

C'est un 4x4 qui est passé. Il a dû pénétrer dans le bush cinq à six cents mètres plus loin que nous, c'est pour ça que nous coupons sa piste qui monte vers le nord. Il n'y a qu'à la suivre. Mais quelle piste ? Laurent et Josué ne voyaient strictement rien.

– Je vais vous guider, dit Wagaloo.

C'est ce qu'il fit, à droite, à gauche, tout droit… Ils roulèrent ainsi pendant 5 km.

– Stop !

Mais Wagaloo aurait pu s'abstenir de dire stop. Laurent avait déjà freiné. Devant eux, se dressait un tas de rochers et de sable. À sa droite, une cavité. Ils descendirent du véhicule et vinrent inspecter le trou. Celui-ci était creusé sur 10 m de profondeur et avait 6 m de diamètre environ. Il n'était pas étayé. Le tas d'éléments qui en avait été extrait se composait de pierrasses grosses comme le poing pour l'essentiel, le tout d'une nature blanche et friable. Il n'y avait aucun engin de terrassement dans les environs, ni pelle hydraulique, ni excavateur. Il ne fallait pas longtemps examiner la nature de cette roche pour savoir qu'elle ne contenait aucun bulder annonciateur d'opale.

– C'est ce que vous cherchiez ? demanda Wagaloo.

– Ça doit être ça, répondit Laurent.

L'aborigène reniflait la pierre, la triturait dans sa main. Il affirma

– Le trou est récent, il date d'un mois, deux au plus.

– Je crois, dit Josué, que nous avons découvert ce qui fut à l'origine de l'assassinat de Peter.

– Oui, ce dernier a dû tomber dessus et se faire repérer ou pire encore, il a pu tomber sur les fossoyeurs. Mais par rapport aux sites précédents, celui-ci est bien en retard.

– Vieux motard que jamais.

– Ce n'est pas le moment de rigoler, en plus ce n'est vraiment pourri ton jeu de mots, allez, demi-tour, on retourne au frais.

Ils trouvèrent les filles tout excitées.

– Chen est là, nous l'avons vu, nous lui avons même vendu pour 20 000 dollars d'opale. Il se fait appeler Chou-Li.

– Il n'a montré aucune émotion en vous voyant ?

– Aucune.

– Il ignore donc vos relations avec Peter. Il ne tardera pas à le savoir, s'il ne sait déjà que c'est vous qui avez réclamé une enquête sur l'assassinat, et peut-être aussi que vous étiez avec nous pour la virée au Queensland.

– Et alors ?

– Il est seul ou il travaille en cheville avec d'autres chinois ?

– Va savoir. Il reçoit seul dans sa chambre et paye rubis sur l'ongle en espèces. Ils sont cinq à travailler ainsi, chacun pour soi, du moins en apparence.

– Et bien entendu, il va être bloqué ainsi dans sa chambre sans pouvoir en bouger pendant plusieurs jours d'affilée. S'il devait aller voir le trou, ça ne pourrait être que de nuit.

– Oui, mais pour voir quoi ? Pour l'instant, c'est juste un trou abandonné.

– À mon avis, pas pour longtemps.

– Que proposes-tu, qu'on y monte la garde ?

– À mon avis, il n'a aucune raison d'y aller pour l'instant, sauf si des travaux y sont envisagés et qu'il doit donner des consignes pour ceux-ci.

— On pourrait toujours demander à Wagaloo si son jeune fils ne pourrait pas y passer deux ou trois nuits à surveiller. Qu'est-ce qu'on risque ?

— Rien.

Chapitre 12

Depuis trois jours, le jeune fils de Wagaloo campait à côté du site, mais pas trop près. Il avait planqué la vieille Holden que Laurent lui avait confiée dans une déclivité où nul ne pouvait l'apercevoir Pour lui, pas de problèmes pour vivre sur place. Il avait son jeune chien et chassait pour se nourrir. Pour éviter de se faire repérer, il n'allumait pas de feu la nuit. Le jour, pour cuisiner sa chasse, kangourou ou pigeon, il allumait un feu de bois dans le lit asséché de la rivière, en contrebas. Après chaque repas, il dissimulait les restes du foyer sous du sable pour en effacer toutes traces.

Vers trois heures du matin, il fut réveillé par un bruit de moteur en provenance du Nord. À travers bush, une pelle sur chenille se dirigeait en direction du trou où elle stoppa. Il n'y avait pas dix minutes qu'elle était là que ses oreilles exercées reconnurent le son d'un 4x4 en provenance de la route. Chen retrouva le conducteur de la pelle et ils passèrent près d'une heure à palabrer. Chen remit un rouleau de documents à son vis-à-vis, puis remonta dans son véhicule et reprit le chemin de la ville.

Le conducteur grimpa sur son engin où il récupéra une grosse torche électrique et repartit vers le nord en suivant les traces de la pelle. À la vitesse où il se déplaçait, c'était un jeu d'enfant de le suivre. À trois km au Nord, ils atteignirent un campement où il y avait un bull, deux remorques emplies de matériel et trois toiles de tentes.

Le jeune aborigène attendit le jour et que tout le monde soit levé pour s'assurer du nombre de campeurs. Ils étaient 4 en tout, en comptant le conducteur de la pelle. Les immenses remorques étaient bâchées, elles avaient dû être emmenées là par un tracteur de Roadtrain qui les avait abandonnées sur place. Sur ce terrain plat, le bull ou la pelle devait pouvoir les tracter.

Quand il fit son compte rendu à Laurent, celui-ci se félicita d'avoir sollicité son aide. Ainsi, profitant de la période d'achat des pierres, Chen devait superviser les travaux, ou tout au moins donner des directives pour les faire.

– Je crois que vous devriez aller inspecter le matériel par nous-mêmes.

– De nuit, on ne verra rien, et de jour, on va se faire repérer.

– Ça dépend, Josué, des décisions qu'ils vont aborder, si les quatre gars se rendent tous au trou en abandonnant le matériel, sans surveillance, si trois d'entre eux se rendent au trou et laissent un guetteur, ou s'ils décident de se rendre tous à la fosse en y emmenant le matériel.

– Eh bien, on va le savoir. Que penses-tu d'une partie de chasse dans la région ?

– Je dis que c'est con. Il n'y a pas de chasseurs dans le coin, et moins encore en ce moment où chacun ne pense qu'à écouler sa moisson d'opale.

– Il faudrait pourtant aller voir, je suis comme St Thomas, et peut-être y aller vite tant que Chen ignore qu'il y a quelqu'un sur le coup et qu'il ne réagisse.

En fait, ils manquèrent se faire avoir. Le réseau de Chen avait dû fonctionner rapidement. Mais comment avait-il pu identifier si rapidement les filles et le fait que quelqu'un s'intéresse au terrain ? Peut-être n'en savait-il rien, peut-être avait-il seulement appris que les filles, très intimes avec Peter, étaient à l'origine de l'enquête et imaginait-il qu'elles pouvaient détenir quelques documents. Peut-être l'artificier de Lightning Ridge, ayant appris que son coup avait foiré, en avait-il rendu compte à Chen avec la description des personnages ? Toujours est-il que sa réaction, car il ne pouvait s'agir que de lui, avait été rapide.

Il était vingt-deux heures et Josué et Simone se relaxaient dans la piscine. Josué enregistra machinalement le bruit de la chute et se retourna. En une fraction de seconde, il réalisa tout : à la fois le paquet de dynamite et la mèche allumée qui venaient d'être balancés dans le puits d'accès. D'un bond, il fut sur le paquet et plongea avec lui dans la piscine tout en arrachant la mèche.

– Putain ! On l'a encore échappé belle ! s'écria Simone.

Alertés par l'exclamation, Jane et Laurent se précipitèrent. À examiner le colis tendu par Josué, ça aurait dû faire un sacré dégât.

– Comme tu dis, Simone, on l'a échappé belle, confirma Laurent, le Chen est plus vicieux que l'on pensait. Décidément, à con, con et demi. On va lui renvoyer la balle. Maintenant, la guerre est déclarée.

Comme ils sortaient du dugout à huit heures tapantes, ils tombèrent sur Franck qui semblait les attendre.

– Salut les gars, je venais m'assurer que vous étiez bien ici.

– Pourquoi, Sergent, vous surveillez notre vie privée maintenant ?

– Non, mais j'avais envie d'être rassuré.

– Rassuré sur quoi ?

– De votre existence.

– Oui, cette nuit, il y a eu une explosion dans votre dugout. Il est bouché de gravats jusqu'à la gueule. Vous y auriez couché, ça ne valait pas le coup de le déblayer, il suffisait de poser deux croix sur le sommet des éboulis. À votre avis, qu'est-ce qui s'est passé ?

– Josué a encore oublié de fermer le gaz !

– Ne rigolez pas, les gars, mais sûr que si vous n'aviez pas découché, vous ne seriez plus que des steaks hachés à 10 m sous terre. Pas de problème chez les filles ?

– Aucun. Tout va bien.

– Alors, votre dugout, c'est un accident ?

– Oui, Sergent, vous pouvez classer l'affaire dans cette rubrique.

– Bon. Eh bien, alors salut, à plus tard.

Ils descendirent illico chez les filles et leur firent le compte rendu de la conversation.

– Putain, les gars, vous l'avez échappé belle, chez vous il n'y a pas de piscine.

– Oui, on ne va quand même pas continuer à se faire tirer comme des lapins sans réagir.

Le jeune fils de Wagaloo les avait guidés à pied à travers bush. Dans un premier temps, ils avaient cheminé dans le lit asséché de la crique, puis avaient bifurqué jusqu'au trou. Il n'y avait personne. Il est vrai qu'il n'était que 19 heures et que la nuit venait juste de tomber. Ils étaient là depuis près d'une heure quand le gamin prévint.

– Il y a quatre personnes qui arrivent.

Laurent et Josué avaient beau prêter l'oreille, ils n'entendaient rien. Dix minutes plus tard, ils les virent déboucher, munis de torches électriques. Ils s'étaient arrêtés au bord du vide et, munis d'un décamètre, prenaient des côtes. Il y en avait deux qui mesuraient, un qui plantait des piquets de bois de petite taille dont l'extrémité était peinte en rouge, tandis que le quatrième prenait des notes.

– Bon, si les quatre sont là, le camp est désert, dit Laurent, on va y aller discrètement.

Le jeune fils de Wagaloo les guida en suivant à nouveau le lit de la crique dans un premier temps. Au bout d'un kilomètre environ, ils coupèrent au Nord-Est à travers bush, pour retrouver le camp laissé à lui-même, mais qui pourrait se risquer dans ce coin paumé ? Ils inspectèrent les tentes et le matériel, essayèrent de trouver des inscriptions permettant de déterminer ce qu'il y avait dans les remorques.

L'inspection terminée, ils ouvrirent leur sac à dos, en retirèrent des explosifs et les disposèrent aux endroits stratégiques, sous les remorques et dans le bulldozer. Avec un bidon d'essence gracieusement fourni sur place, ils arrosèrent le campement, puis Laurent alluma les mèches, jeta une allumette sur la tente la plus proche et ils s'enfuirent en courant, guidés par le gamin, en direction de la crique. Ils ne l'avaient pas encore atteinte quand les explosions eurent lieu. L'incendie, lui, illuminait déjà le ciel depuis quelques instants. Il devait se voir de loin et les explosions aidant, les autres n'allaient pas tarder à rappliquer dare dare.

Le gamin à l'oreille exercée entendit la galopade, mais les autres regagnaient le camp en ligne droite et ils ne se croisèrent pas.

Arrivés au trou, ils trouvèrent la pelle abandonnée, les quatre gars étaient bien tous partis, attirés par l'incendie. Josué fixa les explosifs sous la pelle et à une chenille, alluma les mèches après avoir mis le moteur en marche, et engagea la marche avant. Puis il fonça vers les deux autres qui s'étaient déjà réfugiés dans la crique. Trois minutes plus tard, les explosions eurent lieu.

Il était vingt-deux heures quand les deux copains rejoignirent le dugout des filles.

– Alors, la promenade a été bonne ?

– Vous avez loupé le feu d'artifice ! On a tout fait péter et avant qu'ils puissent sortir la pelle du trou, à supposer qu'ils en aient envie, il va passer de l'eau sous les ponts.

– Chen était là ?

– Non, mais, ou il a programmé d'y aller et va apprendre les mauvaises nouvelles, ou les autres vont venir lui rendre compte, si ce n'est déjà fait. Dans tous les cas, il va faire sacrément la gueule. Il comprendra que ses paquets cadeaux de la dernière nuit ont fait long feu, et que sa mission est mal barrée.

– Vous avez prévenu le Sergent Franck ?

– C'est au fils de Wagaloo que nous avons confié la mission. Il a vu un monstre métallique tomber dans le trou avec un bruit de tonnerre

– Vous n'avez pas peur de procurer des emmerdes à ce jeune garçon, vu que Frank comprendra qu'il est venu en voiture alors qu'il n'a pas le moindre permis.

– Pauvre Frank, Il aura bien d'autres soucis, ça va lui poser un certain problème. : Un grand trou, du matériel saboté, pas de plainte, pas de conducteur d'engin, et qui sait, s'il découvre également le campement détruit, ça va lui porter un coup au moral.

– J'espère que Chen ne va pas venir balancer une tonne d'explosifs chez nous

– À mon avis, ils ont autre chose à foutre, mais on va quand même établir un tour de garde pour cette nuit.

Bien que le premier quart de garde ait été confié à Simone, aucun d'entre eux ne fermait l'œil.

– Donc, à votre avis, c'est parce que Peter avait découvert le pot aux roses que Chen l'a descendu ?

– Chen ou l'un de ses acolytes.

– C'est du pareil au même, si Chen est le chef, c'est lui le responsable. À supposer que les autres aient découvert Peter rôder dans le coin, ils ne seraient pas venus le liquider en ville sans en référer à Chen.

– Tu veux dire quoi ?

– Qu'on doit descendre Chen.

– Attends ! Jane, on ne peut pas rendre la justice comme ça !

– Tu te crois à Paris. Ici, c'est Coober Pedy, la justice est expéditive, et si tu ne la rends pas toi-même, personne ne la rendra pour toi.

– Ne t'inquiète pas, il ne s'en tirera pas comme ça. Allez, on passe une bonne nuit, en espérant que nous n'aurons pas de visite désagréable et nous en reparlerons demain.

À huit heures, avant même qu'ils sortent du dugout, la voix de Frank se fit entendre.

– Oh ! En bas, c'est Frank, je peux descendre ?

– Bien sûr, répondit Josué.

– Alors, les enfants, quoi de neuf ?

– Nous ? Rien. Et toi Frank, qu'est-ce qui t'amène ?

– Je voulais savoir si vous aviez passé une bonne soirée hier au soir.

– Une bonne soirée ?

– Oui, figurez-vous qu'hier soir, il y a eu du grabuge dans le bush, pas trop loin d'ici. D'abord, un grand trou dans lequel est tombée une pelleteuse sabotée, puis à 5 km de là, un campement complètement brûlé, et en plus un bulldozer et deux grosses remorques explosés contenant, à ce que j'ai pu en juger, du matériel permettant de construire quelque chose dans un silo enterré. Et pourquoi pas dans le trou.

– Et pourquoi tu nous racontes ça ?

– Parce que j'ai été averti du bordel par le jeune fils de Wagaloo, et j'ai appris que Wagaloo avait cherché à vous joindre pendant votre absence. Alors, je me suis dit, et puisque ça a aussi pété chez eux, pourquoi ça ne serait pas eux qui m'ont foutu la merde en jouant aux petits soldats ? Une sorte de réponse du berger à la bergère.

– Et pour quelle raison on serait allés saboter du matériel de mineur ?

– Vous ai-je dit qu'il s'agissait de mineurs ? À mon avis, c'est un truc pas catholique. Et si Peter était tombé là-dessus et que ce soit à cause de ce bordel qu'il se soit fait descendre ? Ne serait-ce pas normal de penser que ceux qui cherchent à le venger soient les premiers suspects ?

– Putain ! Tu as de l'imagination !

– Oui, on va savoir ce qu'en pense le Fédéral, j'ai téléphoné, il arrive ventre à terre.

— Alors, les enfants, vous m'avez fait rappliquer dare dare avec vos conneries.

— Quelles conneries ?

— Eh bien, celles que vous a racontées Frank, le sabotage dans le bush.

— On n'est au courant de rien, et en plus, d'après Frank, il ne s'agit même pas de matériel de mineurs.

— On ne tardera pas à savoir ce que c'est. J'ai mis le Ministère en branle, en ce moment il y a deux spécialistes qui sont quelque part dans les airs et qui pourront nous dire de quoi il s'agit. Vous conservez où vos explosifs ?

— Nos explosifs, heu… ici.

— Je peux voir.

— Jane souleva un rideau, dans la cavité creusée dans la roche. Il devait y en avoir un quart de mètre cube.

— Tout est là ? On est loin de la quantité que vous avez acheté ces derniers jours au supermarché.

— Parce que la journée, on ne bosse pas, d'après vous ?

— Ah ! Oui, et où ? Pas ici, pas dans votre claim les gars ! Il est plein jusqu'à la gueule, alors vous n'allez pas, en douce, bosser chez les voisins ?

— Bill, je te trouve bien soupçonneux à notre égard. Ce n'est pas vraiment sympa.

— Oui. J'ai ma petite idée. Nous en reparlerons demain, après que les spécialistes m'aient fait leur rapport. Salut la compagnie.

Chapitre 13

— Vous deux, c'est une convocation officielle. Je vous attends à deux heures Pm dans le bureau de Frank. Salut.

— Dis donc Laurent, il a l'air bien cérémonieux le Fédéral aujourd'hui. D'après toi, ça cache quoi ?

— Ne t'inquiète pas, Josué, dans six heures nous serons fixés.

À quatorze heures, Laurent et Josué se présentent au poste de police.

— Merci d'être à l'heure, nous n'attendions plus que vous. Je vais faire les présentations : Frank, vous connaissez déjà. John Cardwell et Ben French, spécialistes en matériel, Laurie Lamb d'ASIO.

— Bigre, les services spéciaux en déplacement !

— Je crois que nous allons avoir une conversation intéressante. Je vous ai dit que nous allions inspecter les remorques qui avaient été sabotées. Eh bien, c'est fait. À votre avis, que contenaient-elles ?

— Aucune idée.

– Je vais vous aider. Dans un grand trou de 10 m de fond et 6 de diamètre, que pourrait-on installer ?

– Aucune idée.

– Je vais continuer à vous aider. Où pourrait-on installer un silo et une fusée que l'on voudrait bien cachée et discrète ?

– Peut-être dans un lieu désert. Mais pourquoi le gouvernement australien enterrerait-il des fusées sur son territoire, n'importe où, à la merci de n'importe quel curieux et hors d'un site protégé ?

– Bon, je veux bien que l'on rigole un moment, mais il y a des limites, arrêtez de jouer aux cons et entamons une conversation sérieuse. J'ai une enquête à mener, et à mener à bon port. Il faut que je veille à ma carrière, je n'ai pas envie de terminer mon existence ici.

– OK, alors nous écoutons.

– J'ai toujours pensé que Peter n'était pas mort sans raison. J'ai lancé une demande d'informations sur lui aux services d'immigration, et puis dans la foulée, j'ai interrogé les services de sécurité. Va savoir pourquoi, je sentais un loup. Or, à la sécurité, il était fiché comme supposé agent dormant, ou ex-agent français. Du coup, je me suis dit, et s'il avait été descendu en raison de découvertes faites dans le coin ? Et s'il avait constitué un dossier, où l'aurait-il planqué ? Forcément chez les deux gouines. Et après sa mort vos copines ont réclamé une enquête. Et si elles avaient transmis les documents à l'ambassade concernée ? Peut-être que des agents de ce pays seraient venus poursuivre l'enquête dans le coin ? Qu'en pensez-vous ? Ça vous paraît plus clair comme ça ?

— Laurie Lamb, il a quelles fonctions exactement ?

— Je suis responsable du service de sécurité intérieure.

— Bigre, ce n'est pas un 3éme ou 4éme couteau ! Nous sommes en face d'un grand patron !

— C'est bien ça.

— Je suppose que si des agents étrangers étaient venus agir sur votre territoire, vous les mettriez directement au trou.

— Bien sûr, surtout s'ils étaient venus installer des bases de missiles. Mais des touristes, ou des mineurs bien intentionnés qui viendraient spontanément témoigner de découvertes suspectes aux autorités gouvernementales, je ne pourrais que les féliciter.

— OK, Frank, tu peux sortir les bières, notre histoire risque de durer un moment.

Laurent fit un rapport total et circonstancié depuis les notes de Peter remises au Consulat, leur séjour, la virée dans le Queensland et l'ensemble de leurs découvertes. Laurie enregistrait tout sur un petit magnétophone et marquait d'un point rouge, sur une carte, les sites signalés par Laurent. Après trois tournées de bière, il ne restait plus une once de secret.

— Eh bien, les gars, bravo ! J'avoue que vous m'en bouchez un coin. Jamais nous n'avons eu le moindre soupçon sur cette affaire. Si ça se trouve, il y a un autre site à Lightning Ridge et qui sait, peut-être d'autres ailleurs. Je vais faire neutraliser les fusées d'urgence et commencer par m'assurer de Chen. Et celui-là, il va avoir des choses à nous dire. Bien entendu, c'est en enquêtant sur le meurtre de Peter que vous avez incidemment découvert les silos du Queensland et c'est en apprenant l'explosion des remorques, sûrement due à une mauvaise manœuvre, que vous êtes venus spontanément au poste faire une déposition que vous vous apprêtiez à faire à nos services de Canberra.

– C'est exactement ça !

– Il me reste donc à vous faire mes compliments au nom du gouvernement et à classer cette affaire afin que vous ne soyez pas importunés par la presse. Bien entendu, je ne pourrai adresser de remerciements officiels à la France, d'abord parce que cette histoire n'a jamais existé, ensuite parce que je sais fort bien que, respectueuse de l'indépendance de mon pays, il ne lui serait pas venu à l'idée d'envoyer un agent enquêter chez nous au lieu de nous transmettre le dossier de Peter.

– Bien entendu.

– Toutefois, à titre privé, vous pouvez dire à mon homologue, je veux dire à votre patron, que si j'étais un jour en mesure d'obtenir des éléments le concernant, je ne manquerais pas, à titre privé bien entendu, de l'en tenir informé. Un ascenseur, ça marche dans les deux sens. Si un jour mon pays avait besoin d'acquérir des armes ou des engins militaires, sans doute pourrait-il s'en souvenir. Voici ma carte. Si vous aviez le moindre problème en Australie, n'hésitez pas à me contacter, vous avez ma ligne directe. Je crois qu'il ne me reste plus qu'à vous souhaiter un bon séjour, encore que je suppose qu'il va bientôt prendre fin ?

– Hélas oui, notre dugout est inutilisable et de toute façon, il ne contenait pas la moindre once d'opale. Nous allons donc abandonner les prospections dès que nous aurons trouvé à revendre notre matériel.

– Faites une offre à Frank, il va vous le racheter un bon prix. Si l'on ne se revoit pas, bonne chance, et... Take care mate.

– Merci à vous.

– Voilà les filles, notre séjour s'achève, nous allons devoir vous quitter, et je sais que Josué partage mon opinion, ce sera avec regret car nous avons passé de bons moments ensemble. Croyez-moi, Chen ne va pas s'en sortir comme ça et Peter sera vengé grâce à vous.

– Mais, Laurent, ta mission se finit mal.

– Non. Bien sûr, mon patron aurait préféré obtenir un dossier bien ficelé, qu'il puisse transmettre à la Sécurité Australienne au moment choisi par lui. Mais ainsi, ils ont pu constater notre bonne foi et seront plus à même de régler le problème Chen. Après tout, les problèmes d'Australie reviennent aux Australiens, c'est mieux ainsi.

– En fait, tu aurais pu te dispenser de venir. Tu as fait le boulot des services indigènes.

– Oui, mais quel bonheur de t'avoir rencontré.

FIN

À Paraître prochainement (extrait)

TERRES D'ARNHEM

Chapitre 1

En ce début d'octobre la Wet Saison montrait son nez. Déjà les deux dernières nuits quelques nuages avaient moutonné le ciel estompant la mythique croix du Sud. Dans ces Terres d'Arnhem, Parc de Kakadu, les cascades ne suintaient encore qu'un faible filet d'eau.
Matassa Possum comme à son habitude avait garé sa Toyota derrière le bosquet de bambou trees, puis vêtu d'un simple short il avait rejoint ce coin de bush où, muni de quelques pierres jaunes et ocre, d'un morceau de charbon de bois et d'une petite bouteille d'eau, il allait pour satisfaire à la curiosité des touristes expliquer comment son peuple, les "Jawoya" utilisait ces trois couleurs, en plus du blanc, pour colorer leurs corps lors des cérémonies rituelles. Après quoi il exécuterait quelques notes dans son didgeridoo de bois clair pour épater ces touristes qui tous sur son offre voudraient essayer sans jamais y parvenir à sortir quelques notes de ce long tube de bois évidé par les termites.

Aujourd'hui seulement neuf touristes composaient

l'équipée de "wayoutback.com" cet organisme touristique qui trimbalait ses clients dans un engin routier, sorte de camion emménagé en car sur un châssis 4x4 Mitsubishi. Ce véhicule donnait ainsi à ses clients l'impression d'être des pionniers en terres inconnues, ou presque, alors que de nos jours, devant l'afflux touristique, l'emménagement de routes goudronnées aurait permis le voyage en car grand luxe.

Parmi les touristes, Matassa Possum remarqua la présence d'un homme blond d'une quarantaine d'années, qui lui sembla différent des clients habituels. Une sorte d'aura de baroudeur émanait de lui, et Matassa Possum ressentit parfaitement que l'homme ne portait aucun intérêt à des explications qu'il devait déjà parfaitement connaître. Que faisait donc ce touriste qui n'avait rien d'un touriste habituel dans ce lot de badauds. Un moment leurs regards se croisèrent et Matassa Possum cru lire dans les yeux de l'homme comme une sorte de "salut mate, tu fais bien ton boulot et ces connards sont sous ton charme" et il voulut répondre de même " et toi mate que fais-tu parmi ces touristes ?", mais un second groupe de touristes emmené par un prestataire de service concurrent arrivait, erreur sans doute due à un petit décalage d'horaires dans les programmes, les deux groupes n'étant pas supposés se rencontrer.

Le premier groupe quittait les lieux quand le suivant faisait cercle autour de l'aborigène. Celui-ci remarqua que l'homme blond traînait à l'arrière de sa troupe dévisageant les nouveaux arrivants. Parmi eux un gros et grand chauve qui devait approcher la soixantaine sembla captiver l'attention de l'homme blond qui rapidement disparu pour rejoindre son groupe. Le soir, Jared Storvick, le guide de "wayoutback.com", emmena son équipe dans un grand terrain de camping dont une partie était réservée à cet organisme d'excursion. Des tentes en moustiquaires étaient installées en permanence sur un sol de béton, chacune équipée de deux lits individuels, draps, et sac de couchage, répondant aux critères de la publicité disant que les nuits se passaient sous la tente : parfum d'exotisme.

    Le second groupe avait planifié un camp semblable à cinq minutes de là. Pour ces deux groupes des WC et douches dans des bâtiments en dur assuraient les facilités et une grande salle commune comprenait tout le nécessaire de cuisine et de cuisson, plus de grandes tables pour une restauration en commun.

    Le second groupe eut la surprise de se voir offrir une prestation supplémentaire non prévue au programme : une démonstration de danses aborigènes. Pendant que les douze clients formaient un demi-cercle, deux aborigènes revêtus de peintures guerrières et d'un simple pagne se mirent à danser la danse du kangourou, leurs corps imitant parfaitement les gestes de cet animal, puis l'un des danseurs saisit avec ses doigts de pied une lance posée au sol pour la porter avec une incroyable dextérité à la main, et la lancer dans un arbre ou elle se figea. La surprise fut grande pour les spectateurs époustouflés par la rapidité du mouvement. Du sol à l'arbre il n'avait guère fallu plus de trois secondes avant que la lance n'atteigne son but. Ayant récupéré sa lance, l'aborigène et son compagnon imitèrent l'émeu, s'enfonçant dans le bush alentour, revenant devant le groupe, disparaissant à nouveau, revenant encore puis s'enfuirent dans un grand cri alors que la lance à nouveau saisie et lancée traversait le corps du gros chauve avec précision, perforant son cœur et un poumon.

Ce meurtre soudain et incompréhensif laissa le Ranger appelé en catastrophe dans la plus grande expectative. Matassa Possum et son père chef de tribu locale mandés en renfort déclarèrent que cette lance leur était d'une provenance inconnue, de même que les peintures des deux individus qui avaient été décrites du mieux qu'ils pouvaient se les remémorer par les assistants traumatisés.

Dans le groupe nul ne connaissait le mort, les papiers trouvés sur lui indiquaient qu'il s'agissait d'un docteur en science Vladimir Karkaniev de nationalité russe et domicilié à Katherine, Territoire du Nord, alors que sur sa fiche d'inscription au safari il s'était identifié comme Rudy Tomitchich citoyen serbe retraité, avec comme personne à prévenir en cas d'accident une nommée Betty Mc Coy dont adresse et numéro de téléphone se révélèrent aussi bidon que le nom.

Le corps fut transporté à la morgue de Darwin et c'est le commissariat principal de la ville qui reçu mission de diligenter l'enquête. Celle-ci démarrait mal dans la mesure où nul n'avait connaissance des origines des deux aborigènes, que leurs peintures guerrières et lances étaient inconnues des autochtones, et que ce meurtre avait été de toute évidence prémédité. En raison du manque d'éléments disponibles l'inspecteur Donovan chargé de l'enquête n'était pas loin de penser que celle-ci ne serait jamais élucidée.

Chapitre 2

Le lendemain à Katherine Gorge, sur la grande terrasse dominant le canyon une grande blonde discrète, vêtue d'un tee-shirt blanc et d'un short en jean semblait attendre une visite. Elle avait depuis longtemps englouti croissant et tasse de thé, réservés avec jus d'orange aux clients de l'hôtel. La première croisière de 7 heures avec breakfast sur la rivière était de retour, celle de 9 heures se préparait à embarquer. À la table voisine un couple d'Autrichiens prenait connaissance des nouvelles locales. Ils commentaient avec force exclamations le crime qui avait eu lieu la veille dans les terres d'Arnhem Parc de Kakadu. La blonde se leva rapidement pour se rendre à la réception acheter le journal local "Katherine news". Puis ayant pris connaissance de l'article elle quitta promptement sa table pour rejoindre un 4x4 Toyota blanc 8 cylindres qui l'attendait au parking. Elle n'avait plus de raison d'attendre plus longtemps en ces lieux un contact qui ne viendrait jamais.
  La Toyota blanche filait avec la douceur et la nervosité de ses huit cylindres vers Katherine où elle rejoignit le Stuart Highway, l'autoroute Darwin/Alice. Elle s'engagea direction Alice Springs, puis à Mataranka tourna à gauche à destination des "thermal pools". À cette heure les wallabies avaient déserté la route ou peu de touristes

s'engageaient. Elle atteignit le parking du restaurant des "Pools" sur lequel avait été construit une copie du ranch du film "never never" qui avait été tourné dans la région. Comme elle garait son 4x4 il lui sembla apercevoir une ombre dans ces décors de cinéma. Elle pensa qu'elle était encore perturbée par la nouvelle qu'elle venait d'apprendre et se dirigea d'un pas ferme vers le restaurant fermé à cette heure matinale.

Bill le gérant nonchalamment assis dans un rocking chair la regarda arriver. Bien que son siège se trouvât sous le panneau "no smoking area" il fumait un havane de bonne taille. Grand et mince, il était relativement bien musclé, souvenir des années passées comme tondeur de moutons itinérant. Il attendit que la jeune femme soit à ses côtés pour l'apostropher

– Sorry Miss, le bar n'est pas ouvert.

La blonde ne se laissa pas démonter et déclara : Je dois rencontrer Bill Holloway,

– Je suis Bill ! Et toi qui es-tu ?

– Je suis celle que tu n'attendais pas. Je m'appelle Betty Mc Coy et je viens de la part du camarade Petrov.

Le dénommé Bill se redressa d'un coup avec une vigueur insoupçonnée.

– Excuse-moi camarade je ne m'attendais pas à de la visite, que puis-je pour toi ?

– Tu vas passer d'urgence ce message au Centre.

Elle lui tendit un papier qu'il commença machinalement à lire

– Oh ! Merde ! Oh ! Merde ! Alors le mort d'hier était l'un des nôtres ? Tu en es sûre ?

– Évidemment que j'en suis sûre, Vladimir était mon contact, nous avions rendez-vous ce matin. Le problème c'est que j'ignore s'il avait des documents avec lui quand il a été assassiné, et si quelqu'un se les ait appropriés, ou s'il devait les récupérer plus tard avant de se rendre à notre rendez-vous. Autre grand problème, ce meurtre a été prémédité. Qui avait connaissance de sa venue ? Il faut que ce message parte de toute urgence. En raison du décalage horaire, tu as vingt minutes pour le crypter et l'envoyer. Puis elle tourna les talons sans plus de cérémonie, et reparti vers le parking ou elle avait garé son véhicule. Lorsqu'elle voulut mettre la clef dans le neiman il lui sembla sentir une faible résistance, elle appuya avec plus de vigueur sur la clef, tout en se demandant si elle avait ou non aperçu une ombre dans les décors du parking. Quand elle tourna la clef elle eut une réponse qu'elle n'eut pas le temps d'enregistrer. Le véhicule venait brutalement d'exploser.

Accouru par l'énormité de la déflagration le gérant ne put que constater le cratère géant qui s'était creusé là ou plus tôt se trouvait un 4x4 Toyota blanc 8 cylindres et une blonde soi-disant dénommée Betty Mc Coy. Il allait lui falloir d'urgence crypter et envoyer un second message. Il y a des journées comme ça qui ne sont faites que de mauvaises surprises !

Chapitre 3

À Paris le Général Berthoumieux relisait pour la seconde fois un message qui venait d'être déposé sur son bureau. Il se disait que certains jours étaient meilleurs que d'autres. La chance était vraiment une agréable compagne. Le bureau du Général sentait toujours le vieux cuir et la citronnelle, à son âge on n'aime pas changer ses habitudes. Une ampoule verte clignota au-dessus de la porte capitonnée. Le général pressa le bouton de l'interphone :
– Oui ?
– Mon Général, Laurent Marchand est arrivé.
– Qu'il entre !
D'entrée, Laurent Marchand à son habitude scruta le regard du "vieux". A priori, il n'y découvrit qu'un sourire malicieux, le patron était dans ses bons jours.
– Laurent sacré veinard ! Vous allez pouvoir passer à nouveau quelques jours en Australie. Vous êtes quand même un sacré chanceux ! Pendant que l'hiver arrive ici alors que la chaudière du service est toujours hors d'usage, vous, vous allez pouvoir vous prélasser sous 40 degrés à l'ombre dans l'été austral.
– Si vous m'annonciez le pourquoi d'une mission qui semble vous réjouir ?
– Détrompez-vous Laurent, ce n'est pas la mission qui me réjouit, c'est la façon dont nous en avons eu

connaissance. Voyez vous le hasard est parfois fécond, Figurez-vous qu'une jeune française, comme tant d'autres en cette époque, décide de prendre un mois de vacances en Australie, comme elle veut profiter au maximum de son mois de congés, elle s'inscrit dans une excursion qui doit lui permettre de visiter au mieux les terres d'Arnhem. Je suppose que vous connaissez un territoire Aborigène près de Darwin. Or voici qu'elle est témoin d'un assassinat, et comme elle fait des photos, elle envoi a un de ses amis de Toulouse, quelques photos de ses vacances et un article de presse contant ce meurtre. Cet ami de notre Valérie, c'est le prénom de notre touriste, à son tour raconte l'histoire autour de lui et montre les photos. Ce qu'il ignore, c'est qu'un de ses propres amis est un de nos correspondants, et celui-ci se dit : " il y a un visage d'homme qui me dit quelque chose". Heureusement bonne réaction, il se procure le dossier et nous en envoie une copie, et là : miracle, nos services reconnaissent en effet non seulement le mort, mais également un touriste se trouvant dans le groupe de notre Valérie. Vous voyez Laurent comme parfois le Hasard est agréable.

Chapitre 4

Les Roussettes étaient pendues en grappes, têtes en bas, aux branches des palmiers. Les gamins qui jouaient dans le bassin d'eau thermale ajoutaient leurs piaillements joyeux aux cris aigus de ces grandes chauves-souris frugivores.

Laurent se dirigea comme un bon flâneur vers la plateforme métallique qui offre une vue sur la rivière. Puis suivant un petit groupe de touristes il se rendit au bar restaurant ou chacun commandait sa bière fraîche.

Le gérant se tenait à une table isolée à côté du bar. Il était vêtu d'un jean délavé et d'un tee-shirt sans manches d'un vert cru. Laurent se dit qu'il ressemblait bien à sa photo contenue dans le dossier. Mais si l'explosion du 4x4 avait eu lieu sur le parking de l'établissement, rien n'assurait que le gérant soit en cheville avec la soi-disant Betty Mc Coy, mais qui d'autre celle-ci serait venue rencontrer dans ces lieux alors fermés au public ? Laurent décida de mettre les pieds dans le plat, il s'approcha du gérant avec un grand sourire.

– Goodday mate je suis un ami de Betty, enfin je devrais dire j'étais, tu étais là quand son 4x4 a fait boom ?

Le gérant regarda Laurent apparemment sans réagir :

– À ton avis je devais être là ou pas ? Mais ça change quoi ?

– Tu sais exactement ce qui s'est passé ?

– Pourquoi t'es flic ?
– Du tout et d'ailleurs je suppose qu'eux sont déjà passés !
– Oui, c'est pour ça que je ne comprends pas ta question et cette Betty tu la connais d'où ?
– Relation privée.
– Hé ! Bien assume ton deuil privé...

Laurent sentait le type sûr de lui, mais qui n'était peut-être pas totalement clair.

– Tu as pu lui parler à Betty avant qu'elle explose ?
– Pourquoi tu voudrais lui passer un message ?
– Non mais j'aurais souhaité recueillir des documents
– C'est fou le monde qui a des souhaits trop tardifs.
– Si les tiens sont de se prélasser à cette table, tu pourrais regretter de te foutre de ma gueule
– Pourquoi tu voudrais m'intimider ?
– Non, je voudrais t'économiser des désagréments. Betty devait me faire passer des documents et je suis très curieux de savoir si c'est toi qui les possèdes, s'ils ont été détruits avec son 4x4, ou s'ils sont passés entre de mauvaises mains.
– J'ignore de quoi tu parles.
– Tu paries que tu vas retrouver la mémoire ?
– Ah ! Oui et comment ? Tu vas me tirer les oreilles ?
– Non, je vais simplement te faire donner des ordres pour que tu me répondes gentiment, et qu'ensuite tu vires de ce boulot, dommage pour toi ça avait l'air d'une bonne planque !
– Pour les documents je n'ai rien et Betty n'avait rien non plus, elle craignait qu'ils aient été dérobés lors de l'assassinat de son contact. Tant qu'a sa mort j'ai entendu

122

l'explosion d'ici et quand je suis arrivé au parking il n'y avait qu'une immense crevasse.

– Bien, te voilà plus raisonnable, et tu n'as rien fait ?

– J'ai envoyé dans la foulée un second message au siège vu qu'avec le décalage horaire il fallait faire fissa.

– Et tu n'as pas reçu de message en retour ? Le siège a ignoré tes messages ? Pas normal, es-tu sûr qu'ils sont bien passés ?

– Évidemment, d'ailleurs j'ai reçu l'accusé de réception.

– Je suis surpris que tu n'as reçu aucune consigne, sans doute ont-ils pensé que ça n'urgeait pas puisque je venais. Tu as les copies de tes deux messages ?

– Oui, je vais te les chercher.

– Je viens avec toi

– Pourquoi tu crains qu'il m'arrive quelque chose ?

– Du tout, je suis juste curieux de visiter l'endroit que tu as manqué perdre.

Laurent en fait craignait que par une réaction de doute le gardien n'échange quelques messages, ou s'empare d'armes.

– Tiens, mais bien sûr ils sont cryptés, attends je t'attrape les traductions.

– Merci. Bon, tu as fait ton boulot, tu ne pouvais rien faire de mieux, j'en rendrais compte. Depuis rien de spécial ? Tout va bien côté police ? Pas de curieux ? Pas d'indice ? Aucun fait notable qui te soit revenu à l'esprit ? Rien ! ... Rien si ce n'est peut-être le souvenir de ce type que j'ai aperçu plusieurs fois dans les décors du film, mais c'était la veille de la venue de Betty.

– Tu appelles ça rien, et si ce type surveillait la venue de Betty ? Tu saurais le reconnaître ?

– Mieux, ça fait partie de mes consignes, je dois enregistrer tout visage nouveau et éventuellement incongru qui traîne dans le coin, j'ai donc réalisé une photo, de loin et mal centrée, mais c'est tout ce que j'ai pu faire sans attirer son regard quand il se tenait dans les décors.
– Très bonne réaction je vais l'emporter au Boss. Je crois qu'il sera content de toi, même si éventuellement ce type n'a rien à voir avec ce qui nous concerne. Allez, bye mate ! Et continue à ouvrir l'œil.

Chapitre 5

Transmise à Paris, la photo fit tout le tour des services, et devant l'ignorance de ceux-ci, elle fut communiquée aux services alliés. C'est du Mossad, les services israéliens, qu'une réponse surprenante revient sur le bureau du Général Berthoumieux. L'homme sur la photo se nommait Hassan Mohamed Karim, prétendu ancien membre d'Al Qaïda.

Qu'est-ce que cet Hassan pouvait bien fabriquer dans cette histoire. Il était certain que sa présence dans les décors a l'entrée du parking était une planque pour attendre la dénommée Betty et qu'il était certainement l'artificier qui avait transformer un magnifique 4x4 et sa non moins magnifique conductrice en ignoble tas de ferraille et de viande informe.

La question de sa présence en Australie devenait primordiale, dans quelle histoire était-il engagé ? Et que voulaient cacher ces meurtres non résolus : celui du gros destinataire d'une lance aborigène et celui de Betty, Quelles préparations minutieuses avaient permis d'emmener dans la région deux aborigènes inconnus des tribus locales, et qui plus est capable de concrétiser un meurtre programmé, d'avoir abattu un savant russe présent sous une fausse identité, exécution identifiée par un surveillant d'opération d'un grade élevé dans le monde des opérations secrètes, lequel blond pour se trouver là avait donc connaissance de la venue du russe et de son rendez-vous programmé. Que de questions sans réponse auxquelles il allait pourtant falloir répondre

— Ainsi Laurent vous voici à nouveau engagé dans une histoire australienne ce qu'à ma connaissance n'est pas pour vous déplaire. Vous allez me solutionner ça au nez des Australiens cette fois, j'en ai assez de vous voir travailler finalement pour un service concurrent alors que jusqu'à preuve du contraire c'est moi qui assure grassement votre salaire.

— Je ne voudrais pas être incorrect mais je crois que le mot "grassement" est vraiment de trop !

— Peut-être, mais le fond reste valable, donc essayez cette fois de ne pas faire récupérer vos résultats par nos collègues fussent-ils en ce moment considérés comme des alliés.

— Mais pourquoi ne pas leur laisser l'exclusivité d'une mission qui ne nous concerne pas ?

— Décidément, Laurent vous n'êtes vraiment pas encore mûr pour occuper mon fauteuil, je vous ai déjà expliqué qu'il est bon d'avoir quelques dossiers en réserves, même si ces dossiers concernent nos alliés. Qui sait l'allié d'aujourd'hui peut devenir l'ennemi de demain.

Et bientôt un nouveau roman : Pigeon vole (extrait)

PIGEON VOLE

Chapitre 1

En raison des turbulences atmosphériques générées par cet été torride, l'ULM ne pouvait voler que tôt le matin ou, tard l'après-midi.

Jacques était devenu obsédé par la météo qui le clouait au sol. Enfin, ce matin à 6 heures, les conditions étaient excellentes. Jacques fit rituellement le tour de l'appareil vérifiant scrupuleusement chaque boulon, chaque clapet ; un check-up complet. Puis il appela l'essence par pressions successives sur la petite poire à main et mit le moteur en marche. Il sangla son casque et brancha la prise radio. Contrôle des trois cadrans, essais multiples de palonnier et de manche, l'ULM était prêt à prendre l'air.

L'appareil d'Air-Culture, l'école de pilotage européenne, roula en cahotant jusqu'à la piste en raison de la voie d'accès qui tenait plus d'un chemin vicinal déclassé que d'une voie de roulement. Il se présenta face au vent. En trente mètres il avait décollé.

À cette heure matinale Jacques avait l'impression

de dominer le monde. Il savourait ce temps privilégié où par vent nul il glissait au-dessus d'un paysage endormi. L'air n'était pas encore assez chaud pour chahuter l'appareil.

Au-dessous de lui, et malgré l'interdiction Préfectorale d'arroser, il apercevait les nombreux jets d'eau automatiques qui douchaient les champs de maïs criant de sécheresse. Au lointain une légère brume voilait la Charente sans épargner la ville. Jacques goûtait cet instant de solitude merveilleuse que connaissent tous les pilotes.

Comme il approchait de la Base aérienne de Saintes-Paban et afin de respecter la réglementation aérienne qui interdit tout survol d'un terrain militaire, il s'apprêta à effectuer un retour sur Balanzac. À cet instant il aperçut l'hélicoptère de la Protection civile qui emmenait Philippe Marchand à Saintes. L'ancien Ministre de l'intérieur se rendait ce week-end dans sa ville, ce qui lui était donné de faire de moins en moins souvent. L'hélico était à moins de trois cents maîtres, légèrement à droite de sa verticale, et pratiquement en parallèle.

Jacques effectua un virage de dégagement sur l'aile pour découvrir incrédule à moins de vingt mètres, et face à lui, une forme indistincte qui fonçait à sa rencontre. D'instinct il voulut plonger en catastrophe pour éviter "la chose". Avant qu'il n'ait eu le temps d'effectuer la moindre manœuvre ou de ressentir le moindre sentiment de peur, la "chose" l'avait rejoint attirée inexorablement par la chaleur du moteur. Une boule de feu illumina le ciel.

Le Ministre ne savait pas encore qu'il devait la vie à un petit ULM qui venait incidemment de couper la trajectoire d'une fusée sol-air. Il pourrait par la suite méditer tout à loisir la théorie de Sigmund Freud qui prétend qu'il n'y a pas de hasard.

Chapitre 2

Jean-Claude Evrard, dit Boby, responsable saintais des RG, les Renseignements Généraux, avait conduit sur place la commission d'enquête. À travers champs, qui avaient été quadrillés, les spécialistes recherchaient le moindre morceau d'ULM ou de matériel quelconque. Boby, son éternel sourire aux lèvres, et tout en effectuant des recherches, échafaudait des hypothèses. Aucun témoin n'avait assisté à la scène. Par chance le pilote de l'hélicoptère avait relevé d'instinct sa position au moment de l'explosion.

Boby avait délimité un périmètre sur sa carte d'État-Major, où méticuleux comme un sacristain il découvrit les restes de l'ULM et des fragments de métal qui l'intriguèrent et qu'il transmit sans délais au laboratoire des armées.

Le surlendemain il reçut le résultat de l'analyse en même temps qu'il vit débarquer une équipe des Services de la Sécurité Militaire. Il convoqua aussitôt ses proches adjoints : Maggy Delaunay et Pierre Legrand.

– Les enfants, nous avons mis dans le mille avec ma demande d'expertise, mais maintenant que nos grands pontes subodorent une tentative d'attentat contre notre Ministre, inutile de vous dire que les enquêteurs de haut vol font fleurir comme des mouches, et il n'est pas question que nous confirmions à leurs yeux l'opinion de peigne-cul qu'ils doivent avoir des "petits inspecteurs de Province". On va bosser comme des dieux et leur mettre dans le baba. Retour sur le terrain !

    Boby avait fait ses calculs balistiques et en avait déduit que le tir, si tir il y avait, avait sûrement eu lieu depuis un périmètre qu'il avait encerclé de rouge sur sa carte d'État-Major. D'élimination en élimination il finit par circonscrire un petit rectangle de terrain qu'il passa au peigne fin. Il découvrit au pied d'un bâtiment en ruine un endroit où l'herbe avait été foulée. De là, il suivit la trace d'un passage jusqu'à un chemin vicinal.

    Le chemin était trop étroit pour qu'un véhicule ait pu y stationner. Même si sa fréquentation devait être quasi nulle, le ou les, tireurs avaient dû garer leur voiture sur le bas-côté, et donc en mordant sur un champ de maïs.

    Boby accentua son sourire, il venait de repérer quelques tiges de maïs écrasés et l'empreinte de deux pneus qu'avait conservée la terre indûment mouillée. Avec grande précaution il fit le moulage des deux pneus et rejoignit son bureau tout en bénissant les agriculteurs d'avoir arrosé malgré l'interdiction Préfectorale.

    – Albert ? C'est Boby, peux-tu passer rapidement à mon bureau ?

    Il reformula la même demande à trois autres garagistes de ses amis. Une heure après il avait sa réponse. D'après les moulages de pneus il s'agissait d'une Mazda 323. Évidemment il n'en connaissait, ni la couleur, ni l'année, ni l'immatriculation, et encore moins l'identité du conducteur, mais pour un début d'investigation c'était déjà pas mal.

    Le responsable des RG avait interrogé les services de location de voitures, maintenant l'ordinateur n'arrêtait pas.

Boby l'avait d'abord sollicité pour connaître la liste des Mazda 323 figurants dans le fichier national des voitures volées. Ensuite, au diable les varices ! Comme il se plaisait bêtement à dire (à chacun ses petits travers) il avait demandé la liste totale de ce modèle immatriculé en France. Les feuilles informatiques tombaient sur son bureau en un interminable accordéon. Un entêté le Boby, après trois jours de dépouillement et de vérification il avait sélectionné un petit nombre de voitures volées qui auraient pu servir à l'attentat. Il convoqua ses deux adjoints.

— Bon, nous avons trois solutions : la première, le type s'est servi de sa propre voiture ou de celle d'un copain. Dans ce cas ça va être duraille. Deuxième hypothèse le type a loué une voiture, nous allons donc contrôler les quelques locations faites dans ce modèle. Troisième hypothèse : il s'agit d'une voiture volée. Et là deux solutions : ou le gars après le coup planque la voiture ou il l'abandonne ne pensant pas que l'on puisse faire un lien entre ce véhicule et la tentative d'attentat. Et c'est cette supposition qui a ma faveur.

En fait les déductions de Boby comme à l'accoutumée s'avérèrent justes. Le véhicule utilisé était une Mazda 323 grise métallisée volée huit jours plus tôt à Périgueux et abandonnée sur un parking de Saintes.

— Cette voiture, dit Boby, il va falloir qu'elle soit aussi bavarde qu'une concierge de banlieue. Et elle parla la garce. Trop ! 11 paires d'empreintes différentes qu'il faudrait faire étudier par le service anthropométrique.

— Ça commence mal Boby, dit Mamy, son adjointe.

— Mais non, mon petit, il ne faut pas se plaindre vois-tu, nos amis les gendarmes en sont encore à chercher un début de début de piste, alors que nous nous savons déjà que le gars a un complice dans le coin et qu'une fille est dans le coup.

– Ah bon ! Tu es en cheville avec une cartomancienne ? D'où tiens-tu ces infos ?

– Du fait que les empreintes les plus lisibles et qui chevauchent les autres sont ces petites-ci appartenant à une main féminine. D'autre part si la voiture a été volée il y a déjà huit jours, il a bien fallu qu'elle soit planquée quelque part, et où mieux qu'à Saintes ou dans ses environs, bref le plus près possible du lieu prévu pour l'attentat afin qu'elle ait le moins de risque d'être contrôlée ? Pigée !

– Pas con !

– Pourquoi crois-tu que je sois le chef ? Allez au boulot il faut me déterminer quelles sont les empreintes du propriétaire du véhicule, celles de ses amis ou connaissances qui ont pu avoir accès à la bagnole, et se focaliser sur les empreintes inconnues. Ensuite j'aimerais bien savoir qui a voulu supprimer notre Ministre, et pour cela il va falloir se grouiller car les gros pontes de la DG ont débarqué comme des mouches depuis qu'ils savent qu'il y a eu tentative d'assassinat.

Chapitre 3

Xavier Hourugou était basque, tout comme Michel Ituria le fameux dessinateur du journal Sud-Ouest, dont il admirait tant le style et l'humour. Mais contrairement à ce dernier, qui mitraillait les politiques d'une plume caustique dans ce grand quotidien régional, Xavier ne manipulait pas le stylo-feutre mais les explosifs et les armes de guerre.

La bâtisse était située à trois cents mètres d'un chemin de terre qui serpentait dans les marais charentais envahis cette nuit comme une scène de musical par un brouillard nuageux qui avalait les jambes jusqu'à hauteur des genoux. Le bougre était traître car seul un enfant du pays pouvait se mouvoir dans ces lieux en suivant un chemin invisible, qui parfois tournait à angle droit, sans risque de chuter dans les canaux longeant les parcelles de marais. La vision était irréelle, la silhouette noire semblait un cul-de-jatte glissant sur un tapis de nuage.

Xavier n'avait pas entendu arriver la fille, ce qui le mit en boule, car il se vantait d'une oreille très fine et d'un état de qui-vive jamais prit en défaut. Elle était vêtue d'un ciré noir brillant et d'un béret basque de même couleur qu'elle ôta sitôt entrée. Une importante chevelure d'or se répandit sur ses épaules. Xavier fut frappé de sa beauté sauvage ce qui fit fondre sa rancœur naissante.

– Tu as le matériel ?

— Salut, je viens de crever de froid pendant près d'une heure, alors si ça ne t'écorche pas la gueule, tu pourrais d'abord me dire bonsoir, et m'offrir à boire quelque chose de chaud si c'est dans tes moyens.

— Excuse, salut, je m'appelle Xavier.

— Je sais. Tiens voilà ton paquet.

Elle retira une musette kaki de dessous son imperméable.

— Merci, je vais te faire du vin chaud. Désolé, c'est tout ce que j'ai : du pain, du vin, du saucisson et un petit Butagaz.

— Va pour le vin chaud… C'est plutôt tristounet comme coin.

— J'ai connu pire à Amotz. En règle générale, je n'ai guère l'opportunité de fréquenter les Palaces.

Il prit deux quarts en métal émaillé et ébréché, un blanc douteux, et un bleu foncé cerclé de noir qu'il tendit à sa visiteuse… Ils burent le vin chaud en silence.

— C'est comment ton nom, tu es du pays ?

— Je ne crois pas que ce soit important pour ton boulot de savoir ça. Allez salut, je dois repartir, merci pour le vin., dit-elle, en enfouissant sa chevelure dans le béret. Ah ! J'oubliais, tiens j'ai aussi un petit poste radio pour égayer tes heures creuses.

— Pas besoin, aucune envie de faire du bruit

— Comme tu voudras, il faut que je me le retrimbale ?

— Laisse si tu veux, salut.

Dès la porte fermée Xavier s'empressa de vider la musette sur la table. Au vu du contenu il ne put retenir un sifflement admiratif. Ce qui n'était pas un mince compliment venant du spécialiste des explosifs qu'il était.

La fille avait repris le chemin en sens inverse. Le brouillard arrivait maintenant à mi-cuisses ; Sans hésiter elle regagna sa voiture laissée à trois kilomètres dans un chemin bordé de taillis qui la cachait de la route. Elle s'engouffra dans la 205 où un homme attendait stoïquement assis à l'arrière.

– C'est fait.
– Il n'a rien dit ?
– Non.
– Bien, tu as laissé la radio ?
– Oui, mais il n'en voulait pas.
– L'essentiel c'est qu'il l'ait.

L'homme sortit un petit boîtier noir de sa poche. À première vue on aurait dit une sténorette de dactylo. Il en sortit une antenne télescopique de 16 centimètres de long, un voyant rouge s'alluma. L'homme appuya sur le bouton de droite et des chiffres défilèrent sur un écran. Lorsque apparu le chiffre 105 il appuya sur un second bouton. Une explosion puissante suivit la lueur orangée qui illumina le ciel et une onde de choc fit bouger la voiture.

– Il ne dira plus rien.
– Oh ! Merde, dit la fille, ce n'était pas prévu !
– Mais si c'était prévu, mais pas à ton niveau, tu n'avais pas à le savoir avant. Tu as quelque chose contre ?
– Non, rien, C'était la radio ?
– C'était la radio.
– Quand même vous auriez pu me tenir au courant !
– Pourquoi ? Pour que tu mouilles ta culotte ?

Elle haussa les épaules et mit le contact.

– Où va-t-on ?
– Saintes ! Pourquoi tournes-tu à gauche ?
– Je prends en direction de Rochefort, on tournera à droite pour rattraper Pont l'Abbé et de là on rejoindra la

route Rochefort-Saintes. L'explosion va attirer les gendarmes de Marennes, ils ne sont qu'à dix kilomètres inutile de les croiser. La nuit était noire, les routes étaient désertes spécialement dans cette région quasi inhabitée. À Pont l'Abbé elle leva le pied.

– Tiens la Séguinière à gauche, c'est là qu'habite Tabarly, le Tabarly des BD.

– Et alors ? Tu as envie d'être calife à la place du calife ?

– Décidément l'humour ce n'est pas ta tasse de thé !

Ils ne se dirent plus rien jusqu'à l'entrée de Saintes.

LEXIQUE DES MOTS TYPIQUEMENT AUSTRALIENS

Akubra : chapeau typiquement australien se portant souvent avec le "Driza bone" long manteau typique.

Anzac : "Australian and New-Zealand Army Corps" Armée composée d'Australiens et de Néozélandais pendant la Première Guerre mondiale.

Anzac Day : jour férié le 25 avril commémorant la bataille de Gallipoli en 1915 des troupes de l'ANZAC contre l'armée ottomane.

Aussie (ou Oz) se prononce ozi : Australien.

Australian day : fête nationale le 26 janvier.

Banjora (nom aborigène) : Koala.

Bastard : littéralement "bâtard", peut être un terme d'affection précédé de "good" mais une insulte précédée de "bloody" (sacré, foutu) "salaud" / Bloody bastards : bande de connards.

Billy : boîte en fer-blanc munie d'une anse en fil de fer pour faire du thé sur un feu de bois.

Bloodwoods : eucalyptus du genre corymbia à sève rouge.

Bullshit : (raconter des) conneries. Littéralement "merde de taureaux".

Bush : savane, brousse.

BYO : bring your own (grog) ; "apporter la vôtre", sous entendu :" boisson alcoolisée". Acronyme affiché sur les restaurants n'ayant pas de licence pour vendre de l'alcool mais ou les clients sont autorisés à apporter leurs boissons alcoolisées.

Clairway : Les artères clairway sont des voies qui, pour permettre la fluidité des flux de voitures aux heures d'affluence, sont totalement interdites au stationnement de 7 heures à 9 heures et de 15 heures à 18 heures.

Colbachs : eucalyptus à écorce lisse et longues feuilles étroites.

Dingo : chien sauvage australien.

Dreamtime : (ou the Dreaming) Le temps du rêve : légendes orales aborigènes.

Flat mate : colocataire.

Footy : Rugby australien à 18 joueurs sur terrain rond.

Froggy, froggies : de "frog", grenouille, surnom des Français en Australie.

Gumtree : eucalyptus, (littéralement) "arbre à gomme" à

cause de sa résine.

Icebox : glacière portable.

Long week-end : week-end combinant deux jours fériés. Éventuellement un jour férié exceptionnellement ajouté à un jour déjà férié, ceci afin de permettre des déplacements en raison des grandes distances.

Lubra : femme aborigène.

Male chauvinist pig : cochon de phallocrate.

Mate : typiquement australien ; équivalent de "mon pote".

Matilda : baluchon.

Middy : verre de bière de 26,5 cl.

New Aussie : Nouvel Australien, immigrant naturalisé, par opposition à "Aussie born" (natif dans le pays) Utilisé péjorativement et de ce fait proscrit dans les documents officiels.

Oldmate : vieux copain.

Outback : Arrière-pays : les vastes étendues quasi inhabitées de l'intérieur.

"Patrons" de pub : "clients" de Pub.

Pom, Pomme, Pommy : surnom des Anglais en Australie,

origine probable d'argot rimant avec pomegranate (grenade) ou Pummy Grant : immigrant, dans cet argot on écourte souvent au premier mot, laissant deviner la fin et la rime. Autre version : POME Prisoner Of Mother England (prisonier de la mère Angleterre) initiales sur treillis des convicts (bagnards).

Prawn trawler : Chalutier pour la pêche a la crevette.

Ranger : garde champêtre, garde forestier, policier municipal.

Schooner : verre de bière de 42,5 cl.

Station : grande ferme d'élevage.

Station wagon : voiture break.

TAB : "Totaliser Agency Board" équivalent de PMU.

Uloo : camp aborigène.

Wet : "the Wet", la saison humide (mousson) d'octobre à avril dans le nord de l'Australie.

Yuwaaliyaay : une des langues aborigènes parlée dans une région du Queensland.